ZouJin
TangShi
BianSai

走／进／唐／诗

上 海 辞 书 出 版 社
文 学 鉴 赏 辞 典 编 纂 中 心 编

边塞

上海辞书出版社

U0125224

编 者 小 识

在中国历史上,唐朝不仅是一个诗的国度,一度也是个武德昌盛的强大帝国。尤其在初盛唐时期,统治者们纷纷致力于四处开疆拓土,"洗兵条支海上波,放马天山雪中草"。强盛的国力、频繁的战事以及唐朝军事力量取得的赫赫武功,激发了文士诗人们提七尺剑,请缨报国,驰骋疆场,建功于异域的万丈豪情,同样也催生了唐诗中大量的边塞诗篇,"勿使燕然上,惟留汉将功"。边地壮丽奇特的风光,边城浓郁的异族情调,紧张激烈的战斗场面,以及艰辛又豪迈的军营生活,都为边塞诗歌的创作提供了源源不断的养料。如"万里寒光生积雪,三边曙色动危旌""贺兰山下阵如云,羽檄交驰日夕闻"等。

唐人的边塞诗不仅抒发壮志豪情,也关注到了那一个个具体的人,那些被战争的车轮裹挟甚至碾压的鲜活生命。征人、思妇、闺怨、边愁,成为唐代边塞诗经久不衰的主题,造就了许多经典诗篇,或如泣如诉,或悲歌慷慨,如"可怜闺里月,长在汉家营""秦时明月汉时关,万里长征人未还""羌笛何须怨杨柳,春风不度玉门关"等。

战争毕竟残酷,连年征战,不仅给各族人民带来了深重的苦难,也引发了更深刻的社会危机,这也是唐代边塞诗人所反复吟咏关照的沉重主题。最典型的就是杜甫的《兵车行》:"边庭流血成海水,武皇开边意未已。""信知生男恶,反是生女好;生女犹得嫁比邻,生男埋没随百草。""安史之乱"后,唐王朝元气大伤,特别是到了中晚唐时期,曾经强盛的帝国已经江河日下,在外族的进攻下,当年辛苦征伐开拓而来的边地也逐渐沦丧。此时的边塞诗中,豪情意气逐渐为悲愁苦闷的氛围所笼罩,比如"夜战桑乾北,秦兵半不归""十万汉军零落尽,独吹边曲向残阳"。

《走进唐诗·边塞》收录了三十位诗人的六十多首边塞诗。千年以前的行人刁斗,羌笛幽怨,金戈铁马,烽火狼烟,早已成为一个个动人的故事,铭刻在这些诗篇中。读着这些风烟往事,那些历经家国兴亡、岁月沧桑的朔风飞雪,长河落日,归雁征蓬,大漠草原,在你眼中或许也会呈现出另一番令人神往的景象吧。

上海辞书出版社

2022 年 10 月

目录

从军行　杨炯 ································· 1

杂诗三首(其三)　沈佺期 ·············· 3

送魏大从军　陈子昂 ····················· 5

凉州词　王之涣 ··························· 7

古从军行　李颀 ··························· 9

古意　李颀 ································· 10

从军行七首(其一)　王昌龄 ·········· 13

从军行七首(其二)　王昌龄 ·········· 14

从军行七首(其四)　王昌龄 ·········· 16

从军行七首(其五)　王昌龄 ·········· 18

出塞二首(其一)　王昌龄 ············· 20

望蓟门　祖咏 ····························· 22

陇西行　王维 ····························· 24

陇头吟　王维 ····························· 25

老将行　王维 ····························· 27

使至塞上　王维 ⋯⋯⋯⋯⋯⋯⋯⋯⋯ 29

出塞作　王维 ⋯⋯⋯⋯⋯⋯⋯⋯⋯ 31

伊州歌　王维 ⋯⋯⋯⋯⋯⋯⋯⋯⋯ 33

古风(其三十四)　李白 ⋯⋯⋯⋯⋯⋯⋯ 34

战城南　李白 ⋯⋯⋯⋯⋯⋯⋯⋯⋯ 36

北风行　李白 ⋯⋯⋯⋯⋯⋯⋯⋯⋯ 37

关山月　李白 ⋯⋯⋯⋯⋯⋯⋯⋯⋯ 39

塞下曲六首(其一)　李白 ⋯⋯⋯⋯⋯⋯ 40

从军行　李白 ⋯⋯⋯⋯⋯⋯⋯⋯⋯ 42

凉州词　王翰 ⋯⋯⋯⋯⋯⋯⋯⋯⋯ 44

燕歌行　高适 ⋯⋯⋯⋯⋯⋯⋯⋯⋯ 46

营州歌　高适 ⋯⋯⋯⋯⋯⋯⋯⋯⋯ 48

塞上听吹笛　高适 ⋯⋯⋯⋯⋯⋯⋯⋯ 49

蓟门行五首(其三)　高适 ⋯⋯⋯⋯⋯⋯ 50

兵车行　杜甫 ⋯⋯⋯⋯⋯⋯⋯⋯⋯ 52

前出塞九首(其六)　杜甫 ⋯⋯⋯⋯⋯⋯ 54

后出塞五首(其二)　杜甫 ⋯⋯⋯⋯⋯⋯ 56

白雪歌送武判官归京　岑参 ⋯⋯⋯⋯⋯ 58

走马川行奉送出师西征　岑参 ⋯⋯⋯⋯ 59

轮台歌奉送封大夫出师西征　岑参 ⋯⋯ 61

送李副使赴碛西官军　岑参 ⋯⋯⋯⋯⋯ 63

凉州馆中与诸判官夜集　岑参 ⋯⋯⋯⋯ 64

武威送刘判官赴碛西行军　岑参 ⋯⋯⋯ 66

碛中作 岑参 ……………………………………… 67

军城早秋 严武 …………………………………… 69

征人怨 柳中庸 …………………………………… 71

塞下曲六首(其二) 卢纶 ……………………… 73

塞下曲六首(其三) 卢纶 ……………………… 74

过五原胡儿饮马泉 李益 ……………………… 76

度破讷沙二首(其二) 李益 …………………… 78

塞下曲四首(其一) 李益 ……………………… 79

边思 李益 ………………………………………… 80

从军北征 李益 …………………………………… 82

听晓角 李益 ……………………………………… 83

夜上受降城闻笛 李益 ………………………… 84

从军行 陈羽 ……………………………………… 86

塞下曲四首(其一) 常建 ……………………… 87

凉州词三首(其一) 张籍 ……………………… 89

筹边楼 薛涛 ……………………………………… 91

穷边词二首(其一) 姚合 ……………………… 93

雁门太守行 李贺 ………………………………… 95

马诗二十三首(其五) 李贺 …………………… 96

塞下曲 许浑 ……………………………………… 98

陇西行 陈陶 …………………………………… 100

出塞 马戴 ……………………………………… 102

书边事 张乔 …………………………………… 104

河湟旧卒　张乔 …… 106
登单于台　张蠙 …… 108
和李秀才边庭四时怨(其四)　卢汝弼 …… 110
水调歌　无名氏 …… 112

▶▶ **杨炯**(650—?) 华阴(今属陕西)人。十岁举神童,后授校书郎,官至盈川令。"初唐四杰"之一。擅长五律。边塞诗气势较盛。亦工骈文。有《盈川集》。

从 军 行

杨 炯

烽火照西京①,心中自不平。
牙璋辞凤阙, 铁骑绕龙城②。
雪暗凋旗画, 风多杂鼓声。
宁为百夫长③,胜作一书生。

---

① 西京:长安。
② 龙城:匈奴名城。这里泛指敌方要塞。
③ 百夫长:泛指低级军官。

赏析

　　这首诗借用乐府旧题"从军行",描写一个读书士子从军边塞、参加战斗的全过程。仅仅四十个字,既揭示出人物的心理活动,又渲染了环境气氛,笔力极其雄劲。

　　前两句写边报传来,激起了志士的爱国热情。诗人并不直接说明军情紧急,却说"烽火照西京",通过"烽火"这一形象化的景物,把军情的紧急表现出来了。一个"照"字渲染了紧张气氛。"心中自不平",是由烽火而引起的,国家兴亡,匹夫有责,他不愿再把青春年华消磨在笔砚之间。一个"自"字，表现了书生那种由衷的爱国激情，写出了人物的精神境界。首二句交代了整个事件展开的背景。第三句"牙璋辞凤阙"，描写军队辞京出师的情景。"牙璋"是皇帝调兵的符信，分凹凸两块，分别掌握在皇帝和主将手中。"凤阙"是皇宫的代称。这里，诗人用"牙璋""凤阙"两词，显得典雅、稳重，既说明出征将士怀有崇高的使命，又显示出师场面的隆重和庄严。第四句"铁骑绕龙城"，显然唐军已经神速地到达前线，并把敌方城堡包围得水泄不通。"铁骑""龙城"相对，渲染出龙争虎斗的战争气氛。一个"绕"字，又形象地写出了唐军包围敌人的军事态势。五、六两句开始写战斗，诗人却没有从正面着笔，而是通过景物描写进行烘托。"雪暗凋旗画，风多杂鼓声"，前句从人的视觉出发：大雪弥漫，遮天蔽日，使军旗上的彩画都显得黯然失色；后句从人的听觉出发：狂风呼啸，与雄壮的进军鼓声交织在一起。两句诗，有声有色，各臻其妙。诗人别具机杼，以象征军队的"旗"和"鼓"，表现出征将士冒雪同敌人搏斗的坚强无畏精神和在战鼓声激励下奋勇杀敌的悲壮激烈场面。诗的最后两句："宁为百夫长，胜作一书生。"直接抒发从戎书生保边卫国的壮志豪情。艰苦激烈的战斗，更增添了他对这种不平凡的生活的热爱，他宁愿驰骋沙场，为保卫边疆而战，也不愿作置身书斋的书生。

（张燕瑾）

▶ **沈佺期**(约656—713) 字云卿,相州内黄(今属河南)人。上元进士,官至太子少詹事。诗与宋之问齐名。律体谨严精密,对律诗体制的定型颇有影响。原有集,已散失,明人辑有《沈佺期集》。

杂 诗 三 首(其三)

沈佺期

闻道黄龙戍①,频年不解兵。
可怜闺里月, 长在汉家营②。
少妇今春意, 良人昨夜情。
谁能将旗鼓③,一为取龙城④。

---

① 黄龙戍:唐时东北要塞,在今辽宁开原西北。
② "汉家"的"汉"既指汉族,也指汉朝。这里是以汉代唐,避免直指。
③ 将(jiāng):带领的意思。旗鼓:古代军队以旗鼓为号令,这里的"旗鼓"指代军队。
④ 龙城:匈奴名城,秦汉时匈奴祭祀的地方。这里借指敌方要地。

赏析

　　首联即交代诗歌的背景:位于大唐东北部边境的黄龙戍一带,常年战事不断,未曾停息过。字里行间透露出诗人强烈的怨战情绪。第二联是借月咏怀。诗人感叹到今夜此时,在天上同一轮明月的映照下,又有多少对夫妇,正分离两地,对月相思呢。而相思到深处,皎洁的明月似乎也被人们各自的情绪所感染。在征人眼中,这一轮夜夜到军营中照临自己的月亮,就像自己所深深眷恋的妻子一样,夜夜陪伴自己。而闺中思妇看来,那轮象征着夫妻恩爱幸福美满的明月,也如同曾经柔情蜜意的丈夫一样,已经去到了千里万里外的关塞军营,替她守护着自己的爱人。这一联,看似写月,实则笔笔见人,婉转含蓄地写出征夫与思妇间的绵绵相思之情。第三联,以"今春意"和"昨夜情"互文对举,进一步点明征夫与思妇的两处相思,已不知经历了多少个年年岁岁、日日夜夜,可见分别之久,思念之深。

最后一联揭示主旨,道出了闺中人和营中人的共同心愿:"谁能将旗鼓,一为取龙城。"希望能有良将带兵,一举克敌制胜,征人便可以早日返乡,夫妇团聚。

(解 风)

诗 / 人 / 小 / 传

▶▶ **陈子昂**(659—700) 字伯玉,梓州射洪(今属四川)人。少任侠。文明进士。以上书论政,为武则天所赞赏,拜麟台正字,转右拾遗。敢于陈述时弊。曾随武攸宜击契丹。后解职回乡,为县令段简所诬,入狱,忧愤而死。于诗标举汉魏风骨,强调兴寄,反对柔靡之风。所作《感遇》等诗,指斥时弊,抒写情怀,风格高昂清峻。是唐代诗歌革新的先驱。有《陈伯玉集》。

送魏大从军

陈子昂

匈奴犹未灭①,魏绛②复从戎。

怅别三河道③,言追六郡雄④。

雁山⑤横代北,狐塞接云中⑥。

勿使燕然⑦上,惟留汉将功⑧。

---

① 匈奴犹未灭:化用汉代名将霍去病的典故,《史记·卫将军骠骑列传》:"天子为治第,令骠骑(霍去病)视之,对曰:'匈奴未灭,无以家为也。'"匈奴,这里以汉代唐,借指当时进犯边境的少数民族政权。

② 魏绛:春秋时晋国大夫,曾以和戎政策化解晋国边患。此处以魏绛比魏大。

③ 三河道:古称河东、河内、河南为三河,大致是黄河流域中段平原地区,《史记·货殖列传》:"夫三河在天下之中,若鼎足,王者所更居也。"此处概指京城长安送别之处。

④ 六郡,指金城、陇西、天水、安定、北地、上郡。六郡雄,原指上述地方的豪杰,这里专指西汉时边地名将赵充国。

⑤ 雁山:即雁门山,在今山西代县西北,古以两山对峙,雁度其间得名。

⑥ 狐塞:即飞狐塞,要隘名,今河北蔚县东南恒山峡谷之北口。太行八陉之一。古为河北平原与北方边郡间要道咽喉。云中:即云中郡,战国赵武灵王所置,秦治云中(今内蒙古托克托东北)。

⑦ 燕(yān)然:即杭爱山,在今蒙古国境内。

⑧ 汉将功:东汉车骑将军窦宪大破匈奴北单于,登燕然山刻石记功。

走
进
唐
诗

边
塞

所谓"黯然销魂者,唯别而已矣"(江淹《别赋》),送别之际,总难免使人感到惆怅伤怀,送别诗自然也多凄苦悲切之叹。然而这首送别友人的诗作却能不落儿女情长的窠臼,充满了昂扬奋发的精神。诗作虽为送别,却全然不及眼前送别的情景,而是任思绪驰骋飞扬,跨越中原大地、边郡塞外的重重关山,从侧面点明魏大从军是为了抗击侵略,保卫这大好河山。诗作又历数古来保家御边、驰骋沙场、杀敌立功的豪杰名将的事迹,勉励友人也要像他们一样,奋勇作战,立功沙场。

诗作一气呵成,抒发了诗人的一腔慷慨壮志,感情豪放激越,字里行间又透着勃勃英气,读来使人如闻战鼓,气壮山河。

(解 风)

▶▶ **王之涣**(688—742) 字季凌,晋阳(今山西太原市西南)人,后徙绛。官衡水主簿、文安县尉。豪放不羁,常击剑悲歌。其诗善写边塞风光,意境雄浑,多为当时乐工制曲歌唱,名动一时。传世之作仅六首,《凉州词》和《登鹳雀楼》(一说为唐朱斌作)尤有名。

凉 州 词①

王之涣

黄河远上白云间, 一片孤城万仞山。

羌笛何须怨杨柳②,春风不度玉门关③。

---

① 凉州词:乐府旧题,原是凉州(今甘肃武威一带)的歌曲。
② 怨杨柳:语义双关,既言怨春风不来杨柳难青,又说明羌笛所吹奏的乃乐府《折杨柳》这样哀怨的调子。
③ 玉门关:古关门,在今甘肃敦煌西北,汉唐时代是通往西域的隘口。

赏析

　　诗的起句壮阔,黄河波涛滚滚奔流而来,向远处回望却只见河流如一条丝带逶迤盘曲,直上天际云端。这里展现了黄河源远流长的壮美意态。次句出现了全诗的主要意象——塞上边关的一座孤城。在大河与高山衬托下,天地更显得苍茫辽阔,孤城更显得极为险峻,而守卫其中的征人,其处境也仿佛更加孤独危险。这时忽然传来羌笛之声,吹奏的仿佛是《折杨柳》之曲。折柳赠别是唐朝人的风习,想到此,已经足够动人乡思别情了。更何况此时征人身处玉门关外,春风不度,杨柳也不青,想折柳寄情也不可能,心头的哀愁更加浓烈,那笛声也似乎是在"怨"杨柳无情。征人心中明明有幽怨,却偏以"何须怨"这种宽解之言道出,一扫诗中的颓唐之气。可见征人虽身处险地,远离家乡,但仍然意识到戍边卫国的责任重大,故能自我宽慰。整首诗悲切而不失慷慨,苍凉中更兼浑厚,正是盛唐气象的体现。

（贺　胜）

▶ **李颀** 郡望赵郡(今河北赵县),家居河南颍阳(今河南登封)。开元进士,曾任新乡县尉。所作边塞诗,风格豪放,七言歌行尤具特色。寄赠友人之作,刻画人物形貌神情颇为生动。有《李颀诗集》。

古 从 军 行

李 颀

白日登山望烽火, 黄昏饮马傍交河①。
行人刁斗②风沙暗,公主琵琶③幽怨多。
野云万里无城郭, 雨雪纷纷连大漠。
胡雁哀鸣夜夜飞, 胡儿眼泪双双落。
闻道玉门犹被遮④,应将性命逐轻车。
年年战骨埋荒外, 空见蒲桃⑤入汉家。

---

① 交河:唐太宗贞观十四年(640)灭麴氏高昌,以其交河郡设交河县,治今新疆吐鲁番西北交河城。这里泛指边境的河流。
② 刁斗:古代军中铜制炊具,能容一斗。白天用来煮饭,夜则击以巡更。
③ 公主琵琶:指汉朝公主远嫁乌孙国时所弹的琵琶曲调。
④ 闻道玉门犹被遮:《史记·大宛列传》载,汉武帝太初元年(前104),令贰师将军李广利率军征伐大宛,战不利,请求罢兵。汉武帝闻之大怒,派人遮断玉门关,下令:"军有敢入者辄斩之!"
⑤ 蒲桃:即葡萄。汉武帝时为求天马,开通西域。当时随天马入中国的还有西域葡萄和苜蓿种子。

诗开篇六句,描写边关将士紧张而艰苦的战斗生活以及塞外恶劣

的生存环境。将士们白天须登山观察四周有无烽火边警,直到黄昏还在河边饮马,不得休息。漆黑的夜色中风沙弥漫,只听得营中击打刁斗的巡更声,还有不时传来如泣如诉、声调幽怨的琵琶声,景象是多么萧瑟凄凉。诗人又渲染边地的环境:军队驻扎在野外,没有城郭依托,四周是茫茫荒野;雨雪纷纷,与大漠连成一片,这又是多么凄楚。接下去诗人却没有直接写征人将士的哀怨,却说此时边地的胡雁在空中哀鸣,胡儿也忍不住落泪哀伤。土生土长的胡雁胡儿尚且如此,何况这些背井离乡远戍边关的将士呢?

　　既然塞外条件如此恶劣,将士们无不盼望早日班师返乡。可一句"闻道玉门犹被遮",似当头棒喝,打碎了所有人的期望。"武皇开边意未已"(杜甫《兵车行》),因为这次军事行动尚未达成当局的"战略意图",战士们若要返乡,就不得不跟随将领去找敌军拼命。可是牺牲那么多人的性命换来的胜利的果实又是什么?"空见蒲桃入汉家",最后所谓的胜利果实竟然只是区区几粒苜蓿、葡萄种子而已。这首诗可谓是对帝王好大喜功、穷兵黩武的深刻揭露和辛辣讥刺。

(解 风)

古　意

李　颀

男儿事长征,少小幽燕客。

赌胜马蹄下,由来轻七尺。

杀人莫敢前,须如蝟毛磔①。

黄云陇底白云飞,未得报恩不得归。

辽东小妇年十五,惯弹琵琶解歌舞。

今为羌笛出塞声,使我三军泪如雨。

---

① 磔(zhé):毛发直立张开的样子。

赏析

　　这首诗的男主角是一位从征沙场的男儿,他来自古来多慷慨激昂之士的幽燕之地,天性悍勇,善骑射,轻生死。闲暇时喜欢与伙伴们在战马四蹄之下游戏打赌,丝毫不以自己的性命安危为意。上了战场,他奋勇杀敌,勇猛顽强、一往无前的气概把敌人震慑得不敢向前迎战。诗人特别抓住男儿胡须的特征来描绘,战场上他粗短浓密的胡须张开,显出杀敌时血脉偾张、怒发冲冠的神气。一个塞上健儿的形象就这样鲜明、生动地跃然纸上。男儿横刀立马,身后的背景是苍黄的风沙云色,茫茫的塞外大漠,这是一组多么豪迈的硬汉形象啊。"未得报恩不得归",说明男儿是出于自愿才继续在边疆效力的,显示了他斩钉截铁的作战决心。

　　男儿有泪不轻弹,何况这样刚强勇敢的战士,更不会轻易伤心落泪吧?孰料末四句横空闪现一位辽东少妇楚楚动人的形象。少妇惯弹琵琶、能歌善舞,这一灵动的形象有声有色,给全诗增添了一丝柔和的声音和曼妙的舞姿。今天她换上羌笛,给大伙吹奏了一曲"出塞曲",戍边三军听了不由得纷纷泪下,如雨滂沱。因为他们心底的乡愁和无限情思都被这哀怨凄凉的曲调勾起来了。我们的硬汉主角的表现又如何呢,这里没有从正面描写。然而想想三军将士的落泪滂沱,他自然也是不能例外的,此时的他也是无数离乡背井的戍边征人中的一员。

(安　宁)

▶ **王昌龄**（？—约756） 字少伯，京兆长安（今陕西西安）人。开元进士，授校书郎，改汜水尉，再迁江宁丞。晚年贬龙标尉。因世乱还乡，道出亳州，为刺史闾丘晓所杀。其诗擅长七绝，边塞诗气势雄浑，格调高昂。原有集，已散佚，明人辑有《王昌龄集》。

从军行七首（其一）

王昌龄

烽火城西百尺楼，黄昏独坐海风秋。

更吹羌笛关山月，无那①金闺万里愁。

---

① 无那：无奈，指无法消除思亲之愁。

赏析

　　这首小诗，笔法简洁而富蕴意，写法上很有特色。诗人巧妙地处理了叙事与抒情的关系。前三句叙事，描写环境，采用了层层深入、反复渲染的手法，创造气氛，为第四句抒情做铺垫，突出了抒情句的地位，使抒情句显得格外警拔有力。"烽火城西"，一下子就点明了这是在青海烽火城西的瞭望台上。荒寂的原野，四顾苍茫，只有这座百尺高楼。这种环境很容易引起人的寂寞之感。时令正值秋季，凉气侵人，正是游子思亲、思妇念远的季节。时间又逢黄昏，"鸡栖于埘，日之夕矣，羊牛下来。君子于役，如之何勿思！"（《诗经·王风·君子于役》）这样的时刻常常触发人们思念于役在外的亲人。而此时此刻，久戍不归的征人恰恰"独坐"在孤零零的戍楼上。天地悠悠,牢落无偶,思亲之情正随着青海湖方向吹来的阵阵秋风任意翻腾。上面所描写的,都是通过视觉所看到的环境,没有声音,还缺乏立体感。接着诗人写道:"更吹羌笛关山月"。在寂寥的环境中,传来了阵阵呜呜咽咽的笛声,就像亲人在呼唤,又像是游子的叹息。这缕缕笛声,恰似一根导火线,使边塞征人积郁在心中的思亲感情,再也控制不住,终于来了个大爆发,引出了诗的最后一句。这一缕笛声,对于"独坐"在孤楼之上的闻笛人来说是景,但这景又饱含着吹笛人所抒发的情,使环境更具体、内容更丰富了。诗人用这亦情亦景的句子,不露痕迹,完成了由景入情的转折过渡,何等巧妙,何等自然!

在表现征人思想活动方面,诗人运笔也十分委婉曲折。环境氛围已经造成,为抒情铺平垫稳,然后水到渠成,直接描写边人的心理——"无那金闺万里愁"。作者所要表现的是征人思念亲人、怀恋乡土的感情,但不直接写,偏从深闺妻子的万里愁怀反映出来。而实际情形也是如此:妻子无法消除的思念,正是征人思归又不得归的结果。这一曲笔,把征人和思妇的感情完全交融在一起了。就全篇而言,这一句如画龙点睛,立刻使全诗神韵飞腾,而更具动人的力量了。

(张燕瑾)

从 军 行 七 首 (其二)

王昌龄

琵琶起舞换新声,总是关山旧别情。

撩乱边愁听不尽,高高秋月照长城。

　　此诗截取了边塞军旅生活的一个片断,通过写军中宴乐表现征戍者深沉、复杂的感情。

　　"琵琶起舞换新声"。随舞蹈的变换,琵琶又翻出新的曲调,诗境就在一片乐声中展开。琵琶是富于边地风味的乐器,而军中置酒作乐,常常少不了"胡琴琵琶与羌笛"。这些器乐,对征戍者来说,带着异域情调,容易唤起强烈感触。既然是"换新声",总能给人以一些新的情趣、新的感受吧?

　　不,"总是关山旧别情"。边地音乐主要内容,可以一言以蔽之,"旧别情"而已。因为艺术反映实际生活,征戍者谁个不是离乡背井乃至别妇抛雏?"别情"实在是最普遍、最深厚的感情和创作素材。所以,琵琶尽可换新曲调,却换不了歌词包含的情感内容。《乐府古题要解》云:"《关山月》,伤离也。"句中"关山"在字面的意义外,双关《关山月》曲调,含意更深。

　　此句的"旧"对应上句的"新",成为诗意的一次波折,造成抗坠扬抑的音情,特别是以"总是"作有力转接,效果尤显。次句既然强调别情之"旧",那么,这乐曲是否太乏味呢?不,"撩乱边愁听不尽"。那曲调无论什么时候,总能扰得人心烦乱不宁。所以那奏不完、"听不尽"的曲调,实叫人又怕听,又爱听,永远动情。这是诗中又一次波折,又一次音情的抑扬。"听不尽"三字,是怨?是叹?是赞?意味深长。作"奏不完"解,自然是偏于怨叹;然作"听不够"讲,则又含有赞美了。所以这句提到的"边愁"既是久戍思归的苦情,又未尝没有更多的意味。当时北方边患未除,尚不能尽息甲兵,言念及此,征戍者也会心不宁、意不平的。前人多只看到它"意调酸楚"的一面,未必十分全面。

诗前三句均就乐声抒情,说到"边愁"用了"听不尽"三字,那么结句如何以有限的七字尽此"不尽"就最见功力。诗人这里轻轻宕开一笔,以景结情。仿佛在军中置酒饮乐的场面之后,忽然出现一个月照长城的莽莽苍苍的景象:古老雄伟的长城绵亘起伏,秋月高照,景象壮阔而悲凉。对此,你会生出什么感想?是无限的乡愁?是立功边塞的雄心和对于现实的幽怨?也许,还应加上对于祖国山川风物的深沉的爱,等等。

(周啸天)

从 军 行 七 首(其四)

王昌龄

青海长云暗雪山,孤城遥望玉门关。

黄沙百战穿金甲,不破楼兰①终不还。

---

① 楼兰:汉代的西域城郭国。汉武时,屡使通大宛,楼兰当道,充当匈奴耳目,常攻击汉使。汉昭帝立,遣傅介子斩杀楼兰王,改其国名为"鄯善"。

赏析

青海湖上空,长云弥漫;湖的北面,横亘着绵延千里的隐隐的雪山;越过雪山,是矗立在河西走廊荒漠中的一座孤城;再往西,就是和孤城遥遥相对的军事要塞——玉门关。这幅集中了东西数千里广阔地域的长卷,就是当时西北边塞戍边将士生活、战斗的典型环境。它是对整个西北边陲的一个鸟瞰,一个概括。为什么特别提及青海与玉关呢?这跟当时民族之间战争的态势有关。唐代西、北方的强敌,一是吐蕃,一是突厥。河西节度使的任务是隔断吐蕃与突厥的交通,一镇兼顾西方、北方两个强敌,主要是防御吐蕃,守护河西走廊。"青海"地区,正是吐蕃与唐军多次作战的场所;而"玉门关"外,则是突厥的势力范围。所以这两句不仅描绘了整个西北边陲的景象,而且点出了"孤城"南拒吐蕃,西防突厥的极其重要的地理形势。这两个方向的强敌,正是戍守"孤城"的将士心之所系,宜乎在画面上出现青海与玉关。与其说,这是将士望中所见,不如说这是将士脑海中浮现出来的画面。这两句在写景的同时渗透丰富复杂的感情:戍边将士对边防形势的关注,对自己所担负的任务的自豪感、责任感,以及戍边生活的孤寂、艰苦之感,都融合在悲壮、开阔而又迷蒙暗淡的景色里。

三、四两句由情景交融的环境描写转为直接抒情。"黄沙百战穿金甲",是概括力极强的诗句。戍边时间之漫长,战事之频繁,战斗之艰苦,敌军之强悍,边地之荒凉,都于此七字中概括无遗。"百战"是比较抽象的,冠以"黄沙"二字,就突出了西北战场的特征,令人宛见"日暮云沙古战场"的景象;"百战"而至"穿金甲",更可想见战斗之艰苦激烈,也可想见这漫长的时间中有一系列"白骨掩蓬蒿"式的壮烈牺牲。但是,金甲尽管磨穿,将士的报国壮志却并没有销磨,而是在大漠风沙的磨炼中变得更加坚定。"不破楼兰终不还",就是身经百战的将士豪壮的誓言。上一句把战斗之艰苦,战事之频繁越写得突出,这一句便越显得铿锵有力,掷地有声。盛唐优秀边塞诗的一个重要的思想特色,就是在抒写戍边将士的豪情壮志的同时,并不回避战争的艰苦,本篇就是一个显例。

(刘学锴)

从军行七首(其五)

王昌龄

大漠风尘日色昏, 红旗半卷出辕门①。
前军夜战洮河②北,已报生擒吐谷浑③。

---

① 辕门:古代帝王巡狩、田猎,止宿在险阻处,用车子作为屏藩,翻仰两车,使两车的辕相向交接成半圆形门,称"辕门"。后亦指军队将领的营门。
② 洮(táo)河:黄河上游支流,在今甘肃南部。
③ 吐谷(yù)浑:古代少数民族鲜卑的一支,西晋末,其首领吐谷浑率部西迁至今甘肃、青海之间。唐时其王诺曷钵被唐封为河源郡王,娶唐弘化公主,后改封青海王。咸亨三年(672)后率众迁灵州(治今宁夏灵武西南),唐于其地置安乐州,任诺曷钵为刺史。

赏析

"大漠风尘日色昏",由于我国西北部的阿尔泰山、天山、昆仑山均呈自西向东或向东南走向,在河西走廊和青海东部形成一个大喇叭口,风力极大,狂风起时,飞沙走石。因此,"日色昏"接在"大漠风尘"后面,并不是指天色已晚,而是指风沙遮天蔽日。但这不光表现气候的暴烈,它作为一种背景出现,还自然对军事形势起着烘托、暗示的作用。在这种情势下,唐军采取什么行动呢?不是辕门紧闭,被动防守,而是主动出征。为了减少风的强大阻力，加快行军速度，战士们半卷着红旗，向前挺进。这两句于"大漠风尘"之中，渲染红旗指引的一支劲旅，好像不是自然界在逞威，而是这支军队卷尘挟风，如一柄利剑，直指敌营。这就把读者的心弦扣得紧紧的，让人感到一场恶战已迫在眉睫。这支横行大漠的健儿，将要演出怎样一种惊心动魄的场面呢？在这种悬想之下，再读后两句："前军夜战洮河北，已报生擒吐谷浑。"这可以说是一落一起。读者的悬想是紧跟着刚才那支军队展开的，可是在沙场上大显身手的机会却并没有轮到他们。就在中途，捷报传来，前锋部队已在夜战中大获全胜，连敌酋也被生擒。情节发展得既快又不免有点出人意料，但却完全合乎情理，因为前两句所写的那种大军出征时迅猛、凌厉的声势，已经充分暗示了唐军的士气和威力。这支强大剽悍的增援部队，既衬托出前锋的胜利并非偶然，又能见出唐军兵力绰绰有余，胜券在握。

从描写看，诗人所选取的对象是未和敌军直接交手的后续部队，而对战果辉煌的"前军夜战"只从侧面带出。这是打破常套的构思。如果改成从正面对夜战进行铺叙，就不免会显得平板，并且在短小的绝句中无法完成。现在避开对战争过程的正面描写，从侧面进行烘托，就把绝句的短处变成了长处。它让读者从"大漠风尘日色昏"和"夜战洮河北"去想象前锋的仗打得多么艰苦，多么出色。从"已报生擒吐谷浑"去体味这次出征多么富有戏剧性。一场激战，不是写得声嘶力竭，而是出以轻快跳脱之笔，通过侧面的烘托、点染，让读者去体味、遐想。这一切，在短短的四句诗里表现出来，在构思和驱遣语言上的难度，应该说是超过"温酒斩华雄"那样一类小说故事的。

（余恕诚）

19

出 塞 二 首（其一）

王昌龄

秦时明月汉时关，万里长征人未还。
但使龙城①飞将在，不教胡马度阴山②。

---

① 龙城：或解释为匈奴祭天之处，其故地在今蒙古国鄂尔浑河西侧的和硕柴达木湖附近；或解释为卢龙城，在今河北省喜峰口附近一带，为汉代右北平郡所在地。《史记·李将军传》说："广居右北平，匈奴闻之，号曰汉之飞将军，避之数岁，不敢入右北平。"后一解较合理。
② 阴山：在今内蒙古自治区中部。

赏析

　　首句即展现一幅壮阔画面：一轮明月高挂天上，照耀着眼前的边城。这里只用大笔勾勒，不作细致描绘，却表现了塞上边关的寥廓和萧条，渲染出一种孤寂、苍凉的氛围。这句在修辞上运用了互文见义的手法，即在"明月"和"关"前，分别缀以"秦时""汉时"的修饰词，实则意为"眼前所见的就是秦汉时的明月与关塞"。这样以最精练的语言，给万里边关赋予了悠久的历史感，使眼前之景仿佛穿越了千年时光。这样的神来之笔，正源自诗人对边关战火不息这一历史现象的深刻思考。

　　"万里长征人未还"，又从空间角度点明边塞的遥远。这里的"人"，指古往今来戍守边塞，不能返乡，甚至战死沙场的士卒。"人未还"，在对士卒表示同情之时，也透露出边防的不稳固。的确，从秦汉直到唐代,边患始终是个悬而未决的大问题。"但使龙城飞将在,不教胡马度阴山"两句,融抒情与议论为一体,直抒胸臆,表达了戍边将士们保卫国家的壮志,以及渴望国有良将,早日扫平边患的强烈愿望。同时,这两句的弦外之音也很明显,表达的就是诗人对边将无能,朝廷用人不当的不满与讥讽。

诗题为"出塞",但诗中并没有对边塞风光进行细致描绘,只是选取了征戍生活中的一个典型画面来揭示士卒复杂深沉的内心世界。秦关汉月,无不是浸透了人物的感情色彩,深沉含蓄,耐人寻味。

(解　风)

▶▶ **祖咏**（699？—746？） 洛阳（今属河南）人，后迁居汝水以北。开元进士，与王维、储光羲友善，其诗善状景绘物，多表现隐逸生活。明人辑有《祖咏集》。

望 蓟 门

祖 咏

燕台①一去客心惊，笳鼓喧喧汉将营。

万里寒光生积雪，三边②曙色动危旌。

沙场烽火连胡月，海畔云山拥蓟城。

少小虽非投笔吏③，论功还欲请长缨④。

---

① 燕台：原为赵国时燕昭王所筑之黄金台，此处代称燕地。

② 三边：古称幽州、并州、凉州为三边。这里泛指当时东北、北方、西北边防地带。

③ 投笔吏：东汉时定远侯班超初为佣书吏（在官府中抄写公文），后投笔从戎，定西域三十六国。

④ 长缨：缨，是帽带之意。汉武帝时济南书生终军，向皇帝自请出使南越，表示："愿受长缨，必羁南越王而致之阙下。"从此"请缨"成为勇挑重担的代名词。

赏析

　　蓟门，即古代蓟门关，唐朝时以关名而设蓟州，即今天津蓟州区，当时属范阳道。唐玄宗开元年间，诗人祖咏曾游宦范阳，此诗正是写于当时。范阳道所辖幽燕之地，是唐朝的东北边防重镇，主要防御对象是契丹。诗起笔就是"燕台一去"，这样一个壮大的地名，陡然增加全诗的气势。诗人初至边塞重镇，眼见天地寥廓，山川磅礴，不禁激荡

走进唐诗 边塞

起满腔豪情,一个"惊"字道出游子的独特感受。

接下来诗人即描写那些让他"心惊"的边地风物。首先是汉家军营中吹笳击鼓,喧声重叠,可见军队号令齐整肃穆。其时已是严冬,边疆大地积雪万里,连绵不断的雪地上寒光闪闪;朦胧的曙色中,只有远处高悬的旗帜在空中随风猎猎飘扬。种种肃穆的景象,无不令诗人感受到巨大的心灵震撼。

严整的军容、肃穆的边关透露出边防军人高昂的士气。第五、六两句,通过一系列景物的描绘表现边防将士们紧张激烈的战斗生活,以及边境上我军优越的战略态势。某天,边防线上,爆发了军事冲突,雪光、月光、火光三者在寒夜里交织成一片,双方军队正激烈厮杀,战场景象极为壮观;而扼守在渤海与燕山之间的蓟州城,却依然稳如磐石,岿然不动。观此边关壮气,诗人心中也涌起了勃勃雄心,决心要效仿历史上的英雄人物,投笔从戎,为国开疆拓土,建立奇功。

（贺　胜）

▶▶ **王维**（约 701—761） 字摩诘,原籍祁(今属山西),其父迁居蒲州(治今山西永济西南蒲州镇),遂为河东人。开元进士。累官至给事中。安禄山叛军陷长安时曾受职,乱平后,降为太子中允。后官至尚书右丞,故亦称王右丞。中年后居蓝田辋川,过着亦官亦隐的优游生活。诗与孟浩然齐名,世称"王孟"。前期写过一些以边塞为题材的诗篇。但其作品最主要的则为山水诗,兼通音乐,工书画。有《王右丞集》。

陇 西 行①

王 维

十里一走马， 五里一扬鞭。

都护②军书至，匈奴围酒泉③。

关山正飞雪， 烽火断无烟。

---

① 《陇西行》:乐府旧题,又称《步出夏门行》,属《相和歌·瑟调曲》。
② 都护:意即"总监",汉宣帝时设西域都护,为驻西域最高长官。唐代自太宗至武则天时,先后于边地设置安西、安北、北庭等六大都护府。
③ 酒泉:郡名,西汉武帝派卫青、霍去病等反击匈奴,取河西之地,先后设立酒泉、武威、张掖、敦煌四郡。

赏析

这是王维用乐府旧题写的一首边塞诗。

诗一开头,便写告急途中,军使跃马扬鞭,飞驰而来,一下子就把读者的注意力紧紧吸引住了。一、二句形容在"一走马""一扬鞭"的瞬息之间,"十里""五里"的路程便风驰电掣般地一闪而过,以夸张的语言渲染了十万火急的紧张气氛,给人以极其鲜明而飞动的形象感受。中间两句,点明了骑者的身份和告急的事由。一个"围"字,可见形势的严重。一个"至"字,则交代了军使经过"走马""扬鞭"的飞驰疾驱,终于将军书及时送到。最后两句,补充交代了气候对烽火报警的影响。按理,应当先见烽火,后到军书。然而现在,在接到军书之后,举目西望,却只见漫天飞雪,一片迷茫,望断关山,不见烽烟。是因雪大点不着烽火呢,还是点着了也望不见呢?反正是烽火联系中断了。这就更突出了飞马传书的刻不容缓。写到这里,全诗便戛然而止了,结得干脆利落,给读者留下了想象的余地。尽管写形势危急,气氛紧张,而诗中表现的情绪却是热烈、镇定和充满自信的。

　　这首诗,取材的角度很有特色。它反映的是边塞战争,但并不正面描写战争。诗人的着眼点既不在军书送出前边关如何被围,也不在军书送至后援军如何出动,而是仅仅撷取军使飞马告急这样一个片断、一个侧面来写,至于前前后后的情况,则让读者自己用想象去补充。这种写法,节奏短促,一气呵成,篇幅集中而内蕴丰富,在艺术构思上也显得不落俗套。

（刘德重）

陇　头　吟^①

王　维

长安少年游侠客，　夜上戍楼看太白^②。

陇头明月迥临关，　陇上行人夜吹笛。

关西老将不胜愁，　驻马听之双泪流。

身经大小百余战，　麾下偏裨万户侯。

苏武才为典属国③，节旄落尽海西头。

---

① 《陇头吟》：乐府旧题。

② 太白：即金星。古人认为它主兵象，可据以预测战事。

③ 典属国：汉代掌管藩属国家事务的官职，品位不高。

赏析

　　这是王维用乐府旧题写的一首边塞诗，题目一作《边情》。

　　一、二两句，先写一位充满游侠豪气的长安少年夜登戍楼观察"太白"（金星）的星象，表现了他渴望建立边功、跃跃欲试的壮志豪情。起句很有气势。然而，底下突然笔锋一转，顺着长安少年的思绪，三、四句紧接着出现了月照陇山的远景：凄清的月夜，荒凉的边塞，在这里服役的"陇上行人"正在用呜咽的笛声寄托自己的愁思。如果说，长安少年头脑里装的是幻想；那么，陇上行人亲身经受的便是现实：两者的差别何等悬殊！写到这里，作者的笔锋又一转：由吹笛的陇上行人，引出了听笛的关西老将。承转也颇顿挫有力。这位关西老将"身经大小百余战"，曾建立过累累军功，这不正是长安少年所追求的目标吗？然而老将立功之后又如何呢？部下的偏裨副将，有的已成了万户侯，而他却沉沦边塞！关西老将闻笛驻马而不禁泪流，这当中包含了多少辛酸苦辣！这四句，是全诗的重点，写得悲怆郁愤。关西老将为什么会有如此遭遇呢？诗中虽未明言，但最后引用了苏武的典故，是颇含深意的。苏武出使匈奴被留，在北海边上持节牧羊十九年，以致符节上的旄缠都落尽了，如此尽忠于朝廷，报效于国家，回来以后，也不过只做了个典属国那样的小官。表面看来，这似乎是安慰关西老将的话，但实际上，引苏武与关西老将类比，恰恰说明了关西老将的遭遇不是偶然的、个别的。功大赏小，功小赏大，朝廷不公，古来如此。这就深化了诗的主题，赋予了它更广泛的社会意义。

（刘德重）

老　将　行

王　维

少年十五二十时，　步行夺得胡马骑。

射杀山中白额虎，　肯数邺下黄须儿①。

一身转战三千里，　一剑曾当百万师。

汉兵奋迅如霹雳，　虏骑崩腾畏蒺藜②。

卫青不败由天幸③，　李广无功缘数奇④。

自从弃置便衰朽，　世事蹉跎成白首。

昔时飞箭无全目，　今日垂杨生左肘⑤。

路旁时卖故侯瓜⑥，　门前学种先生柳⑦。

苍茫古木连穷巷，　寥落寒山对虚牖。

誓令疏勒出飞泉⑧，　不似颍川空使酒⑨。

贺兰山下阵如云，羽檄交驰日夕闻。

节使三河募年少，诏书五道出将军。

试拂铁衣如雪色，聊持宝剑动星文。

愿得燕弓射天将⑩，耻令越甲鸣吾君⑪。

莫嫌旧日云中守⑫，犹堪一战取功勋。

① 黄鬚儿：指曹操次子曹彰，彰绰号黄鬚儿，作战时奋勇破敌，却归功于诸将。
② 蒺藜：指铁蒺藜，古代军用铁质尖刺障碍物，可撒布于地面，用以迟滞敌军行动。
③ 卫青不败由天幸：西汉名将卫青是汉武帝贵戚，他屡战不败，立功受赏，官至大将军，实由天幸。
④ 数奇：与卫青同时的名将李广，却未能封侯授爵，反而获罪受罚，连武帝也叹其"数奇(jī)"，即运气不好。
⑤ 垂杨生左肘：古人常以"柳"谐"瘤"，这里"杨"谐"疡"，指久不习武，手臂如生瘤疡，很不利落。
⑥ 故侯瓜：指秦东陵侯召平，秦破，为布衣，种瓜于长安东城。
⑦ 先生柳：陶渊明门前有五柳，因自号"五柳先生"。
⑧ 飞泉：指东汉名将耿恭与北匈奴作战，在疏勒城水源断绝后，与将士同甘共苦，终于又得泉水，却敌立功。
⑨ 颍川：指西汉颍川人灌夫，他被解除官职后，使酒骂坐，发泄怨气，得罪丞相田蚡而被斩杀。
⑩ 天将：指一种燕地产的强劲名弓"射天将"。
⑪ 耻令越甲鸣吾君：据刘向《说苑》记载，春秋时越国军队包围齐国，雍门子狄耻越甲鸣齐君而身ं死，遂刎颈而死，越人闻之，撤退七十里。
⑫ 云中守：指西汉魏尚，曾任云中太守，深得军心，匈奴不敢进犯，后削职为民，赖冯唐为其打抱不平，方才官复原职。

赏析

　　这首诗讲述了一位老将的坎坷生平。他东征西战，戎马一生，智勇双全，曾为国立下赫赫战功。孰料最后却落得个被朝廷废弃的可悲下场。英雄无用武之地，老将不得不回到乡间，躬耕田垄，以沿街叫卖瓜果维持生计。尝尽世态炎凉之苦的老将却并未因此而消沉颓废，他仍然渴望上阵杀敌,报效国家。所以当边境烽烟再起,他又不计前嫌,请缨报国,可谓老当益壮,不移白首之心。这首长诗在歌颂了老将的高尚情操和爱国热忱的同时,也对统治者的赏罚不公,用人唯亲,以及朝廷的冷酷无情予以深刻的揭露。

(贺 胜)

使 至 塞 上

王 维

单车欲问边, 属国①过居延。

征蓬出汉塞, 归雁入胡天。

大漠孤烟直②,长河落日圆。

萧关逢候骑③,都护在燕然④。

---

① 属国:典属国的简称。本为秦汉时官名,这里代指使臣,是王维自指。

② 孤烟直:直上的燧烟。宋陆佃《埤雅》:"古之烽火用狼粪,取其烟直而聚,虽风吹之不斜。"

③ 萧关:在今宁夏回族自治区固原县东南。候骑(jì):骑马的侦察兵。

④ 都护:当时边疆重镇都护府的长官,这里指河西节度使。

赏析

开元二十五年(737)河西节度副大使崔希逸战胜吐蕃,唐玄宗命王维以监察御史的身份出塞宣慰,察访军情。这实际是将王维排挤出朝廷。这首诗作于赴边途中。

"单车欲问边",轻车前往,向哪里去呢?"属国过居延",居延在今甘肃张掖西北,远在西北边塞,在这里并非实指,只是用来泛指边疆之地。

"征蓬出汉塞,归雁入胡天",诗人以"蓬""雁"自比,说自己像随风而去的蓬草一样出临"汉塞",像振翅北飞的"归雁"一样进入"胡天"。古诗中多用飞蓬比喻漂流在外的游子,这里却是比喻一个负有朝廷使命的大臣,正是暗写诗人内心的激愤和抑郁。与首句的"单车"相呼应。万里行程只用了十个字轻轻带过。

然后抓住沙漠中的典型景物进行刻画:"大漠孤烟直,长河落日圆。"最后两句写到达边塞:"萧关逢候骑,都护在燕然。"到了边塞,却没有遇到将官,侦察兵告诉使臣:首将正在燕然前线。

诗人把笔墨重点用在了他最擅胜场的方面——写景。作者出使,恰在春天。途中见数行归雁北翔,诗人即景设喻,用归雁自比,既叙事,又写景,一笔两到,贴切自然。尤其是"大漠孤烟直,长河落日圆"一联,写进入边塞后所看到的塞外奇特壮丽的风光,画面开阔,意境雄浑,近代王国维称之为"千古壮观"的名句。边疆沙漠,浩瀚无边,所以用了"大漠"的"大"字。边塞荒凉,没有什么奇观异景,烽火台燃起的那一股浓烟就显得格外醒目,因此称作"孤烟"。一个"孤"字写出了景物的单调,紧接一个"直"字,却又表现了它的劲拔、坚毅之美。沙漠上没有山峦林木,那横贯其间的黄河,就非用一个"长"字不能表达诗人的感觉。落日,本来容易给人以感伤的印象,这里用一"圆"字,却给人以亲切温暖而又苍茫的感觉。一个"圆"字,一个"直"字,不仅准确地描绘了沙漠的景象,而且表现了作者的深切的感受。诗人把自己的孤寂情绪巧妙地溶化在广阔的自然景象的描绘中。

(张燕瑾)

出　塞　作

王　维

居延城外猎天骄，　白草连天野火烧。

暮云空碛①时驱马，秋日平原好射雕。

护羌校尉朝乘障，　破虏将军夜渡辽。

玉靶角弓珠勒马，　汉家将赐霍嫖姚。

---

① 碛(qì)：沙漠。

赏析

　　本诗原注说："时为御史监察塞上作。"开元二十五年(737)三月，河西节度副大使崔希逸在青海击败吐蕃，王维以监察御史的身份，奉使出塞宣慰，这诗就写在此时。

　　前四句写边境纷扰、战火将起的形势。"天骄"原为匈奴自称，这里借称唐朝时的吐蕃。"居延城外猎天骄，白草连天野火烧"，写居延关外长满白草的广阔原野上燃起了熊熊猎火，吐蕃正在这里进行打猎活动，这是紧张局势的一个信号。写打猎声势之盛，正是渲染边关剑拔弩张之势。这两句诗很容易使人联想起高适《燕歌行》"单于猎火照狼山"之句，古诗中常常以"猎火"来暗指战火。"暮云空碛时驱马，秋日平原好射雕"，进一步描写吐蕃的猎手们在暮云低垂、空旷无边的沙漠上驱马驰骋,在秋天草枯,动物没有遮蔽之处的平原上射猎。这一联像两幅生动传神、极具典型意义的塞上风俗画,写出吐蕃健儿那种盘马弯弓、勇猛强悍的样子,粗豪雄放;也暗示边情的紧急,为诗的下半部分作了铺垫。

前四句刻画形象,有声有色,是实写;后四句便采用虚写,写唐军针对这种紧张形势而进行军事部署。

"护羌校尉朝乘障,破虏将军夜渡辽。"这两句,对仗精工,很有气势。"护羌校尉"和"破虏将军"都是汉代武官名,这里借指唐军将士。"障"是障堡,边塞上的防御工事。登障堡,渡辽河,都不是实指,而是泛写,前者着重说防御,后者主要讲出击,一个"朝"字和一个"夜"字,突出军情的紧迫,进军的神速,表现了唐军昂扬奋发的士气,雷厉风行的作风。此联对军事行动本身没有作具体的描写,而只是选取具有典型意义的事物,作概括而又形象的叙说,就把唐军紧张调动,英勇作战,并取得胜利的情景写出来了,收到了词约义丰的艺术效果。"玉靶角弓珠勒马,汉家将赐霍嫖姚。""汉家"借指唐朝,"霍嫖姚"即汉代曾作过嫖姚校尉的霍去病,借谓崔希逸。这两句是说,朝廷将把镶玉柄的剑,以角装饰的弓和戴着珠勒口的骏马,赐给得胜的边帅崔希逸。在诗尾才点出赏功慰军的题旨,收结颇为得体。

这诗写得很有特色,它反映当前的战斗情况,用两相对比的写法,先写吐蕃的强悍,气势咄咄逼人,造成心理上的紧张;再写唐军雍容镇静,应付裕如,有攻有守,以一种压倒对方的凌厉气势夺取最后的胜利。越是渲染对方气焰之盛,越能衬托唐军的英勇和胜利的来之不易,最后写劳军,也就顺理成章,水到渠成,只须轻轻点染,诗旨全出。

(吴小林)

伊　州　歌①

王　维

清风明月苦相思，荡子从戎十载余。

征人去日殷勤嘱，归雁来时数附书。

---

① 伊州：曲调名。

赏析

　　诗的开篇，面对"清风明月"如此良宵，一位女子却陷入了痛苦的思念。她思念的人是谁呢？原来是从军远征十多年的丈夫。与爱人长久分离、天各一方，本来就够让人忧愁了，更何况是面对这样一个本应花好月圆的团圆之夜呢。可以想见，此时此刻，曾经的美满幸福场景又上了女子心头，心中的痛苦便又深了一重。而伴随着对往昔的回忆，诗作又回顾了十余年前，女子送别丈夫出征的动人场景。离别之时，女子纵有千言万语也说不出口，只是一再叮咛："记得多给我写信吧！"其弦外之音很可能是分别十余年后，丈夫已经音信全无。她和丈夫之间究竟是生离还是死别？这十余年间又发生过什么呢？一切都留给读者去思索了。

（周啸天）

▶▶ **李白**(701—762) 字太白,号青莲居士。祖籍陇西成纪(今甘肃静宁西南),隋末其先人流寓碎叶(今吉尔吉斯斯坦北部托克马克附近),他即于此出生。幼时随父迁居绵州昌隆(今四川江油)青莲乡。二十五岁离蜀,长期在各地漫游。天宝初供奉翰林。受权贵谗毁,仅一年余即离开长安。安史之乱中,曾为永王李璘幕僚,因璘败牵累,流放夜郎。中途遇赦东还。晚年漂泊困苦,卒于当涂。诗风雄奇豪放,想象丰富,语言流转自然,音律和谐多变。善于从民歌、神话中吸取营养和素材,构成其特有的瑰玮绚烂的色彩,富有积极浪漫主义精神。与杜甫齐名,世称"李杜"。有《李太白集》。

古　　风(其三十四)

李　白

羽檄如流星，　虎符合专城①。

喧呼救边急，　群鸟皆夜鸣。

白日曜紫微，　三公运权衡。

天地皆得一，　澹然四海清。

借问此何为？　答言楚征兵。

渡泸及五月，　将赴云南征。

怯卒非战士，　炎方难远行。

长号别严亲，　日月惨光晶。

泣尽继以血，　心摧两无声。

困兽当猛虎，　穷鱼饵奔鲸。

千去不一回，　投躯岂全生！

如何舞干戚②，　一使有苗③平！

① 虎符：古代帝王授予臣属兵权和调发军队的信物。用铜铸成虎形，背有铭文，分为两半，右半留朝廷，左半赐将帅。调发军队时，须由使臣持符验合，方能生效。专城：古时用来称呼州牧太守等地方长官，意为一城之主。
② 干戚：干，盾。戚，斧。
③ 有苗：古代少数民族，据《帝王世纪》记载，舜时，有苗不服，禹请发兵讨伐，舜不许，而是用三年时间修明政教。三年后，舜只举行一次干戚之舞，有苗便服威怀德而归顺。

赏析

　　诗作背景是唐朝征讨南诏的战事。南诏乃当时西南地区少数民族政权，位于今天云南大理一带，其王受唐朝册封。唐玄宗天宝年间，因地方官员横暴和求索无度，引起南诏反抗。剑南节度使鲜于仲通派兵征讨，遭遇大败，唐军死伤数万。然而朝廷不甘心失败，又在中原地区大肆征发民夫充军，准备再度征讨南诏。由于被征发者多为未经战阵的百姓，南方又多瘴疠，环境恶劣，而朝廷硬要驱使这些兵士们前往，这就几乎是让他们去白白送死。诗作描绘了这种出征别离之惨，"长号别严亲，日月惨光晶""泣尽继以血，心摧两无声"，百姓悲怨之气冲天，以致日月仿佛都染上了悲惨之色；兵士和送别的亲人把血泪都哭尽，心也碎了，欲哭无声，可见已到了悲痛欲绝的程度。"千去不一回，投躯岂全生"，诗人对这个悲剧结局的预见给人强烈震撼。这首诗通过夸张渲染的艺术手法将朝廷驱民赴死的惨状写得触目惊心，是对统治者穷兵黩武的血泪批判和控诉。

（解　风）

战 城 南

李 白

去年战，桑干①源；

今年战，葱河②道。

洗兵条支③海上波，放马天山雪中草。

万里长征战，三军尽衰老。

匈奴以杀戮为耕作，古来惟见白骨黄沙田。

秦家筑城备胡处，汉家还有烽火燃。

烽火燃不息，征战无已时！

野战格斗死，败马号鸣向天悲。

乌鸢啄人肠，衔飞上挂枯树枝。

士卒涂草莽，将军空尔为。

乃知兵者是凶器，圣人不得已而用之。

---

① 桑干：河名，流经今山西、河北北部，地属北方。
② 葱河：即葱岭河，在今新疆西南部，地属西方。
③ 条支：西域国名，即唐时的大食，在今伊朗境内。唐朝安西都护府下设有条支都督府。

"国虽大，好战必亡"（《司马法》），开元、天宝年间，唐玄宗好大喜功，屡次轻启战端，却又几次大败，给百姓带来了深重的灾难，这首诗

抨击的正是其穷兵黩武的政策。诗中历数近来征伐之频繁以及作战区域之广,而伴随经年征伐,必然耗尽无数将士的青春甚至生命。诗人又从历史角度着眼,指出自秦汉备边防胡,边患仍然是此起彼伏,未曾消歇,这里蕴涵着诗人对历史教训的深刻思考和洞见。没有正确的内政和外交政策,不同民族和政权之间的战乱和争斗便不会消失。接着,诗人又以浓墨重彩的细节描写,揭露了战争的残酷和不义之战的罪恶。最后,直抒胸臆,指出"兵者是凶器","不得已而用之",希望统治者体恤百姓疾苦,慎重对待战争,不可好战。可谓殷殷劝谏。

(安　宁)

北　风　行

李　白

烛龙^①栖寒门,光耀犹旦开。

日月照之何不及此,唯有北风号怒天上来。

燕山雪花大如席,片片吹落轩辕台。

幽州思妇十二月,停歌罢笑双蛾摧。

倚门望行人,念君长城苦寒良可哀。

别时提剑救边去,遗此虎文金鞞靫^②。

中有一双白羽箭,蜘蛛结网生尘埃。

箭空在,人今战死不复回。

不忍见此物,焚之已成灰。

黄河捧土尚可塞，北风雨雪恨难裁！

① 烛龙：传说中的神，在西北无日之处，人面蛇身，视则为昼，眠则为夜。一说龙衔烛以照太阳，故名。见《山海经·大荒北经》《淮南子·墬形》。
② 鞞(bǐng)靫(chāi)：装箭的袋子。

南朝诗人鲍照有乐府诗《北风行》，主旨是伤北风雨雪，行人不归。而李白的这首拟作则升华了鲍照原作的主题，进一步扩展为控诉战争的罪恶，并对战争给人民造成的痛苦给予了深切的同情。诗作从描写北方幽燕之地的苦寒气候起笔，借助神话以及夸张想象的手法渲染了北方的雨雪，有力地烘托了主题。特别是对北方的雪之描写，夸张怪诞之中，又显得大气磅礴，想象飞腾，写出了北方幽州之夜雄浑壮阔的气象，充分体现了李白诗作豪放飘逸的浪漫主义风格。

"倚门而望"的闺中思妇，正为那出征边关多年的丈夫惦念担心，北方的苦寒凛冽更加增添了她心中的忧愁，不禁深锁蛾眉、愁肠百转。思妇仿佛又回到了丈夫提剑出征的那一天，他走得是那样慷慨无畏。当时边情紧急，他也未留下太多言语，妻子只能睹物思人。诗行至此突然时空陡转，丈夫阵亡的消息传来，他留下的羽箭顿时成为遗物，物是人非，让人倍觉神伤，不堪忍受。诗的结尾，又回到了对北风雨雪的感叹上来，这不仅照应了题目，也是在用风雪怒号的凄凉场景烘托整首诗的悲剧气氛。此时在思妇心中，那万里黄河水势再浩荡汹涌，似乎终可为人力所填塞，而她的满腔悲愤、对亡人刻骨铭心的思念，却如那漫天风雪，无休无止，难以断绝。

（安　宁）

关　山　月

李　白

明月出天山，苍茫云海间。

长风几万里，吹度玉门关。

汉下白登道①，胡窥青海湾②。

由来征战地，不见有人还。

戍客望边色，思归多苦颜。

高楼当此夜，叹息未应闲。

---

① 白登道：汉高祖刘邦率军攻打匈奴，于白登山被匈奴围困七天。
② 青海湾：即今青海湖周边地区，是当年唐军与吐蕃连年征战之地。

赏析

　　"关山月"本是乐府旧题，李白的这首诗则从边关士卒的视角出发，描写了他们眼中关山月色的美妙景象，其中寄托了戍边将士们深切的怀乡情绪，以及思归不得的惆怅。

　　千百年来边塞征战无休无止，战争给人民带来了巨大的痛苦和创伤，尤其是那一代代经受生离死别之痛的征人及其家人眷属，直接承担着战争的沉重代价，所以征人思妇也成为边塞诗和闺怨诗的重要描写题材。李白的这首《关山月》虽然表现的也是征人思妇的愁怨，却以苍茫寥廓的万里关塞图景来传达,这就让整首诗不仅没有显得过于愁苦纤弱,反而在雄浑壮阔中更有一种旷远、沉静的思绪。充分体现了李白这位伟大诗人宽广浩荡的胸襟气魄。

（余恕诚）

塞下曲六首（其一）

李　白

五月天山雪，无花只有寒。

笛中闻折柳，春色未曾看。

晓战随金鼓，宵眠抱玉鞍。

愿将腰下剑，直为斩楼兰[1]。

---

[1] 斩楼兰：西汉时西域楼兰国王贪财，屡遮杀汉使，傅介子受霍光派遣出使西域，计斩楼兰王。

赏析

《塞下曲》出于汉乐府《出塞》《入塞》等曲（属《横吹曲》），为唐代新乐府题，歌辞多写边塞军旅生活。李白所作共六首，此其第一首。作者天才豪纵，作为律诗亦逸气凌云，独辟一境。像这首诗，几乎完全突破律诗通常以联为单位作起承转合的常式。大致讲来，前四句起，

五、六句为承，末二句作转合，直是别开生面。

起从"天山雪"开始，点明"塞下"，极写边地苦寒。"五月"在内地属盛暑，而天山尚有"雪"。但这里的雪不是飞雪，而是积雪。虽然没有满空飘舞的雪花（"无花"），却只觉寒气逼人。仲夏五月"无花"尚且如此，其余三时（尤其冬季）寒如之何就可以想见了。所以，这两句是举轻而见重，举一隅而反三，语淡意浑。同时，"无花"二字双关不见花开之意，这层意思紧启三句"笛中闻折柳"。"折柳"即《折杨柳》曲的省称。这句表面看是写边地闻笛，实话外有音，意谓眼前无柳可折，"折柳"之事只能于"笛中闻"。花明柳暗乃春色的表征，"无花"兼无柳，也就是"春色未曾看"了。这四句意脉贯通，"一气直下，不就羁缚"（清沈德潜《说诗晬语》），措语天然，结意深婉，不拘格律，如古诗之开篇，前人未具此格。

五、六句紧承前意，极写军旅生活的紧张。古代行军鸣金（镎、镯之类）击鼓，以整齐步伐，节止进退。写出"金鼓"，则烘托出紧张气氛，军纪严肃可知。只言"晓战"，则整日之行军、战斗俱在不言之中。晚上只能抱着马鞍打盹儿，更见军中生活之紧张。本来，宵眠枕玉鞍也许更合军中习惯，不言"枕"而言"抱"，一字之易，紧张状态尤为突出，似乎一当报警，"抱鞍"者便能翻身上马，奋勇出击。起四句写"五月"以概四时；此二句则只就一"晓"一"宵"写来，并不铺叙全日生活，概括性亦强。全篇只此二句作对仗，严整的形式适与严肃之内容配合，增强了表达效果。

以上六句全写边塞生活之艰苦，若有怨思，末二句却急作转语，音情突变。这里用了西汉傅介子的故事。"愿"字与"直为"，语气砍截，慨当以慷，足以振起全篇。这是一诗点睛结穴之处。

（周啸天）

从　军　行

李　白

百战沙场碎铁衣，城南已合数重围。

突营射杀呼延将，独领残兵千骑归。

这首诗以短短四句，刻画了一位无比英勇的将军形象。

首句写将军过去的戎马生涯。伴随他出征的铁甲都已碎了，留下了累累的刀瘢箭痕，以见他征战时间之长和所经历的战斗之严酷。这句虽是从铁衣着笔，却等于从总的方面对诗中的主人公作了最简要的交代。有了这一句作铺垫，紧接着写他面临一场新的严酷考验——"城南已合数重围"。战争在塞外进行，城南是退路。但连城南也被敌人设下了重围，全军已陷入可能彻底覆没的绝境。写被围虽只此一句，但却如千钧一发，使人为之悬心吊胆。

"突营射杀呼延将，独领残兵千骑归。"呼延，是匈奴四姓贵族之一，这里指敌军的一员悍将。诗中这位身经百战的英雄，正是选中他作为目标，在突营闯阵的时候，首先将他射杀，使敌军陷于慌乱，乘机杀开重围，独领残兵，夺路而出。

诗所要表现的是一位勇武过人的英雄，而所写的战争从全局上看，是一场败仗。但虽败却并不令人丧气，而是败中见出了豪气。"独领残兵千骑归"，"独"字几乎有千斤之力，压倒了敌方的千军万马，给人以顶天立地之感。诗没有对这位将军进行肖像描写,但通过紧张的战斗场景,把英雄的精神与气概表现得异常鲜明而突出,给人留下难忘的印象。将这场惊心动魄的突围战和首句"百战沙场碎铁衣"相对照,让人想到这不过是他"百战沙场"中的一仗。这样,就把刚才这一场突围战,以及英雄的整个战斗历程,渲染得格外威武壮烈,完全传奇化了。诗让人不觉得出现在眼前的是一批残兵败将,而让人感到这些血泊中拼杀出来的英雄凛然可敬。像这样在一首小诗里敢于去写严酷的斗争,甚至敢于去写败仗,而又从败仗中显出豪气,给人以鼓舞,如果不具备像盛唐诗人那种精神气概是写不出的。

（余恕诚）

▶▶ **王翰** 字子羽,并州晋阳(今山西太原)人。景云进士,官仙州别驾。任侠使酒,恃才不羁。以行为狂放,贬道州司马,旋卒。原有集,已散佚。《全唐诗》存其诗一卷。

凉 州 词①

王 翰

葡萄美酒夜光杯②,欲饮琵琶③马上催。

醉卧沙场君莫笑, 古来征战几人回。

---

① 凉州词:唐代的乐府歌词,按凉州的地方乐调歌唱。凉州,即今甘肃河西、陇右一带,州治在今武威。

② 葡萄美酒:葡萄原产西域,汉武帝时传入中国。夜光杯:旧题东方朔所著《海内十洲记》,记载周穆王时西胡夜光杯。

③ 琵琶:本出西域,据刘熙《释名》,琵琶原为马上所弹乐器。

这首边塞诗没有直接写战争的场面,而是用节奏明快的语言描写了边防将士的宴饮场面,从侧面烘托将士们勇武豪迈的英雄气概,具有浓郁的边地风情和军旅生活色彩。第一、二句展现在人们面前的是五光十色、琳琅满目、酒香四溢的豪华盛宴,美酒佳肴,吸引将士们"欲"赶快开怀畅饮,这也表现了边地将士们开朗豪爽的个性。而此时乐队中也弹奏起了旋律急促的琵琶声,更加增添了宴会的热烈气氛,仿佛也在催促将士们赶紧举杯痛饮,尽情享受这一快乐的时刻。三、四句则是席间将士们的劝酒之词。酒酣耳热之际,也许有人想放

走进唐诗 边塞

下酒杯了,旁边伙伴则把美酒碰到他眼前高声叫嚷:来,接着喝,怕啥,醉就醉吧,就算醉卧沙场,大家也别笑话,古来征战有几人能回来的? 我们早已经将生死置之度外了。这里表现的不仅是将士们的豪爽、开朗,还有他们身上视死如归的勇气。整首诗充满了阳刚之气,格调激越奔放,从一个侧面展现了唐人奋发向上的精神风貌。

（解　风）

▶▶ **高適**(约700—765) 字达夫,渤海蓨(今河北景县)人。早年仕途失意。后客游河西,为哥舒翰书记。历任淮南、西川节度使,终散骑常侍。封渤海县侯。边塞诗和岑参齐名,并称"高岑",风格也大略相近。有《高常侍集》。

燕 歌 行

高 適

开元二十六年,客有从御史大夫张公出塞而还者,作《燕歌行》以示适,感征戍之事,因而和焉。

汉家烟尘在东北, 汉将辞家破残贼。

男儿本自重横行, 天子非常赐颜色。

摐金伐鼓下榆关^①, 旌旆逶迤碣石^②间。

校尉羽书飞瀚海^③, 单于猎火照狼山^④。

山川萧条极边土, 胡骑凭陵杂风雨。

战士军前半死生, 美人帐下犹歌舞!

大漠穷秋塞草腓, 孤城落日斗兵稀。

身当恩遇恒轻敌, 力尽关山未解围。

铁衣远戍辛勤久, 玉箸^⑤应啼别离后。

少妇城南欲断肠, 征人蓟北空回首。

边庭飘飖那可度, 绝域苍茫更何有!

杀气三时作阵云， 寒声一夜传刁斗。

相看白刃血纷纷， 死节从来岂顾勋？

君不见沙场征战苦，至今犹忆李将军⑥！

---

① 榆关：即山海关。
② 碣石：古山名，在今河北昌黎西北。东汉建安十二年（207），曹操东征乌桓过此，作《碣石篇》。
③ 瀚海：唐都护府名，辖今蒙古国及俄罗斯西伯利亚部分地区。又指沙漠。
④ 狼山：山名，在今内蒙古中西部，河套平原北部。阴山山脉最西段。
⑤ 玉箸：箸即筷子，这里比喻眼泪。
⑥ 李将军：指西汉时威震边关的飞将军李广，他爱护士卒，使士卒咸乐为之死。

赏析

　　唐玄宗开元二十四年（736）以及二十六年，幽州节度使张守珪两度出兵征讨奚、契丹，均遭失败。高适对这两次战败有感而发作成此篇。诗中用浓墨重彩的笔触描写了大军长驱，气势磅礴；军情突变，疾如星火；将士力战，捐躯沙场，血染边关，而将军犹自沉湎女色；将军轻敌，指挥失误，作战不利，回师无期，而思妇盼郎回家，痛哭断肠等一系列围绕这几次征战而出现的惊心动魄的场景。全诗笔力矫健，气势畅达。通过强烈的对比，揭示了诗歌的主旨，即愤怒地谴责了恃宠而骄、轻敌冒进的将领的荒淫失职，不体恤士卒，"一将无能，累死三军"；诗人也对承受了巨大牺牲和痛苦的士兵、普通民众给予深深的同情。

（贺　胜）

营 州 歌

高 适

营州少年厌①原野，狐裘蒙茸猎城下。
虏酒千钟不醉人，胡儿十岁能骑马。

---

① 厌：同"餍"，饱。这里作饱经、习惯于之意。

赏析

  唐代东北边塞营州(治所在今辽宁朝阳)，原野丛林，水草丰盛，各族杂居，牧猎为生，习尚崇武，风俗犷放。高适这首绝句有似风情速写，富有边塞生活情趣。

  从中原的文化观念看，穿着毛茸茸的狐皮袍子在城镇附近的原野上打猎，似乎简直是粗野的儿戏；而在营州，这些却是日常生活，反映了地方风尚。生活在这里的汉、胡各族少年，自幼熏陶于牧猎骑射之风，养就了好酒豪饮的习惯，练成了驭马驰骋的本领。即使是边塞城镇的少年，也浸沉于这样的习尚，培育了这样的性情，不禁要在城镇附近就犷放地打起猎来。诗人正是抓住了这似属儿戏的城下打猎活动的特殊现象，看到了边塞少年神往原野的天真可爱的心灵，粗犷豪放的性情，勇敢崇武的精神，感到新鲜，令人兴奋，十分欣赏。诗中少年形象生动鲜明。"狐裘蒙茸"，见其可爱之态；"千钟不醉"，见其豪放之性；"十岁骑马"，见其勇悍之状。这一切又都展示了典型的边塞生活。

　　构思上即兴寄情、直抒胸臆，表现上白描直抒、笔墨粗放，是这首绝句的艺术特点。诗人仿佛一下子就被那城下少年打猎活动吸引住，好像出口成章地赞扬他们生龙活虎的行为和性格，一气呵成，不假思索。它的细节描写如实而有夸张，少年性格典型而有特点。诗人善于抓住生活现象的本质和特征，并能准确而简练地表现出来，洋溢着生活气息和浓郁的边塞情调。在唐人边塞诗中，这样热情赞美各族人民生活习尚的作品，实在不多，因而这首绝句显得可贵。

（倪其心）

塞上听吹笛

高　适

雪净胡天牧马还，月明羌笛戍楼间。

借问梅花何处落，风吹一夜满关山。

赏析

　　前二句写的是实景：胡天北地，冰雪消融，是牧马的时节了。傍晚战士赶着马群归来，天空洒下明月的清辉……开篇就造成一种边塞诗中不多见的和平宁谧的气氛。这与"雪净""牧马"等字面大有关系。那大地解冻的春的消息，牧马晚归的开廓的情景使人联想到汉贾谊

《过秦论》中一段文字："蒙恬北筑长城而守藩篱,却匈奴七百余里,胡人不敢南下而牧马"。则"牧马还"三字似还含另一重意味,这就是胡马北还,边烽暂息,于是"雪净"也有了几分象征危解的意味。这个开端为全诗定下了一个开朗壮阔的基调。

在如此苍茫而又清澄的夜境里,不知哪座戍楼吹起了羌笛,那是熟悉的《梅花落》曲调啊。"梅花何处落"是将"梅花落"三字拆用,嵌入"何处"二字,意谓:何处吹奏《梅花落》?诗的三、四句与"谁家玉笛暗飞声,散入春风满洛城"(李白《春夜洛城闻笛》)意近,是说风传笛曲,一夜之间声满关山,其境界很动人。

三、四句之妙不仅如此。将"梅花落"拆用,又构成一种虚景,仿佛风吹的不是笛声而是落梅的花片,它们四处飘散,一夜之中和色和香洒满关山。这固然是写声成象,但它是由曲名拆用形成的假象,以设问出之,虚之又虚。而这虚景又恰与雪净月明的实景配搭和谐,虚实交错,构成美妙阔远的意境,这境界是任何高明的画手也难以画出的。同时,它仍包含通感,即由听曲而"心想形状"的成分。战士由听曲而想到故乡的梅花(胡地没有梅花),而想到梅花之落。句中也就含有思乡的情调。

(周啸天)

蓟 门 行 五 首(其三)

高 适

蓟门逢古老①,独立思氛氲②。

一身既零丁^③,头鬓白纷纷。
勋庸^④今已矣,不识霍将军^⑤。

---

① 古老:一本作"故老",即老年人。
② 氛氲:思绪深长貌。
③ 零丁:孤单貌。
④ 勋庸:即指功业,功劳。
⑤ 霍将军:即西汉名将霍去病。

赏析

　　诗歌描写了一位戍边的老卒晚年的凄凉境遇。蓟门曾是唐代的东北边防重镇,由于边患久未平息,士卒们不得不长年驻防边关,甚至直到鬓发苍苍,依然难与家人团聚。孑然一身的老卒这天独自站在边城上,眼前的边塞烟景勾起他的无边思绪。他也许是在怅望故乡田园、也许是在思念亲人、也许是在回顾自己半生沙场征战的戎马生涯。如今随着年华老去,时局变换,当年建立的疆场功业也已成为陈迹。唯独老卒自己还要年复一年继续在边关戍守,可以想见他满腔的悲愤与哀愁。结尾"不识霍将军",与王昌龄《出塞》中所言"但使龙城飞将在,不教胡马度阴山"有异曲同工之妙。这是对朝廷任用边将无能,导致战事绵延,戍卒难归的辛辣讽刺。全诗言辞沉痛、悲哀,充满失望而无奈的情绪,似用边塞士卒的血泪和成。不难想象,在当时边境线上像这样的老卒不知有多少,长年戍边的艰辛可见一斑。

（贺　胜）

▶▶ **杜甫**(712—770)　字子美,尝自称少陵野老。巩县(今河南巩义西南)。杜审言之孙。自幼好学,知识渊博,颇有政治抱负。开元后期,举进士不第,漫游各地。后寓居长安(今陕西西安)将近十年,未能有所施展,生活贫困。靠献赋始得官。安禄山叛军陷长安,曾被困城中半年,后逃至凤翔,谒见肃宗,官左拾遗。长安收复后,随肃宗还京,寻出为华州司功参军。不久弃官往秦州、同谷。又移家成都,筑草堂于浣花溪上,世称浣花草堂。一度在剑南节度使严武幕中任参谋,武表为检校工部员外郎,故世称杜工部。晚年携家出蜀,病死途中。其诗大胆揭露当时社会矛盾,对穷苦人民寄以深切同情。许多优秀作品显示出唐代由开元、天宝盛世转向分裂衰微的历史过程,被称为"诗史"。在艺术上,善于运用各种诗歌形式,尤长于律诗,风格多样,而以沉郁为主。继承和发展《诗经》以来注重反映社会现实的文学传统,成为我国古代诗歌艺术发展的又一高峰。与李白齐名,世称"李杜"。宋以后被尊为"诗圣"。有《杜工部集》。

兵　车　行

杜　甫

车辚辚,马萧萧,行人弓箭各在腰。

耶娘妻子走相送①,尘埃不见咸阳桥。

牵衣顿足拦道哭,哭声直上干②云霄。

道旁过者问行人,行人但云点行频③。

或从十五北防河,便至四十西营田;

去时里正④与裹头,归来头白还戍边。

边庭流血成海水,武皇开边意未已。

君不闻汉家山东二百州,千村万落生荆杞。

纵有健妇把锄犁,禾生陇亩无东西。

况复秦兵耐苦战，被驱不异犬与鸡。

长者虽有问，役夫敢申恨？

且如今年冬，未休关西卒。

县官⑤急索租，租税从何出？

信知生男恶，反是生女好；

生女犹得嫁比邻，生男埋没随百草！

君不见青海头，古来白骨无人收。

新鬼烦冤旧鬼哭，天阴雨湿声啾啾。

---

① 耶娘妻子：耶同"爷"，耶娘即爹娘。妻子，妻和子女之意。

② 干：犯，冲。

③ 点行：指按丁口册上的行次点名征发士兵。

④ 里正：即里长，唐以百户为里，五里为乡，每里置里正一人，管理户口、赋役等事。

⑤ 县官：指官府。

赏析

　　天宝以后，唐王朝对西北、西南少数民族的战争越来越频繁。这连年不断的大规模战争，不仅给边疆少数民族带来沉重灾难，也给广大中原地区人民带来同样的不幸。据《资治通鉴》卷二百一十六载："天宝十载（751）四月，剑南节度使鲜于仲通讨南诏蛮，大败于泸南。时仲通将兵八万，……军大败，士卒死者六万人，仲通仅以身免。杨国忠掩其败状，仍叙其战功。……制大募两京及河南北兵以击南诏。人闻云南多瘴疠，未战，士卒死者什八九，莫肯应募。杨国忠遣御史分道捕人,连枷送诣军所。……于是行者愁怨,父母妻子送之,所在哭声震野。"这段历史记载,可当作这首诗的说明来读。而这首诗则艺术地再现了这一社会现实。

《兵车行》是杜诗名篇,为历代推崇。在艺术上也很突出。首先是寓情于叙事之中。这篇叙事诗,无论是前一段的描写叙述,还是后一段的代人叙言,诗人激切奔越、浓郁深沉的思想感情,都自然地融汇在全诗的始终,诗人那种焦虑不安、忧心如焚的形象也仿佛展现在读者面前。其次在叙述次序上参差错落前后呼应,舒得开,收得起,变化开阖,井然有序。第一段的人哭马嘶、尘烟滚滚的喧嚣气氛,给第二段的倾诉苦衷作了渲染铺垫;而第二段的长篇叙言,则进一步深化了第一段场面描写的思想内容,前后辉映,互相补充。同时,情节的发展与句型、音韵的变换紧密结合,随着叙述,句型、韵脚不断变化,三、五、七言,错杂运用,加强了诗歌的表现力。如开头两个三字句,急促短迫,扣人心弦。后来在大段的七字句中,忽然穿插上八个五字句,表现"行人"那种压抑不住的愤怒哀怨的激情,格外传神。用韵上,全诗八个韵,四平四仄,平仄相间,抑扬起伏,声情并茂。

(郑庆笃)

前 出 塞 九 首(其六)

杜 甫

挽弓当挽强, 用箭当用长。

射人先射马，擒贼先擒王。

杀人亦有限，列国自有疆。

苟能制侵陵①，岂在多杀伤？

---

① 侵陵：亦作"侵凌"，侵犯欺凌。

赏析

《前出塞》是写天宝末年哥舒翰征伐吐蕃的时事，意在讽刺唐玄宗的开边黩武。

从艺术构思说，作者采用了先扬后抑的手法：前四句以通俗而富哲理的谣谚体开势，讲如何练兵用武，怎样克敌制胜；后四句却写如何节制武功，力避杀伐，逼出"止戈为武"本旨。先行辅笔，后行主笔；辅笔与主笔之间，看似掠转，实是顺接，看似矛盾，实为辩证。因为如无可靠的武备，就不能制止外来侵略；但自恃强大武装而穷兵黩武，也是不可取的。所以诗人主张既拥强兵，又以"制侵陵"为限，才符合最广大人民的利益。清浦起龙在《读杜心解》中很有体会地说："上四（句）如此飞腾，下四（句）忽然掠转，兔起鹘落，如是！如是！"这里说的"飞腾"和"掠转"，就是指作品中的奔腾气势和波澜；这里说的"兔起鹘落"，就是指在奔腾的气势中自然地逼出"拥强兵而反黩武"的深邃题旨。在唐人的篇什中，以议论取胜的作品较少，而本诗却以此见称；它以立意高、正气宏、富哲理、有气势而博得好评。

（傅经顺）

后 出 塞 五 首 (其二)

杜 甫

走进唐诗 边塞

朝进东门营^①，暮上河阳桥^②。

落日照大旗，马鸣风萧萧^③。

平沙列万幕，部伍各见招^④。

中天悬明月，令严夜寂寥。

悲笳数声动，壮士惨不骄。

借问大将谁，恐是霍嫖姚^⑤。

---

① 东门营：指设在洛阳城东门附近的军营。

② 河阳桥：横跨黄河的浮桥，在河南孟州市，是当时由洛阳去河北的交通要道。

③ 三、四句：《诗经·小雅·车攻》就有"萧萧马鸣，悠悠旆旌"句。

④ 部伍：部曲行伍，古代军队的编制单位。

⑤ 霍嫖姚：指西汉抗击匈奴的名将霍去病，以其受封嫖姚校尉，故名。后亦指守边立功的武将。

赏析

　　杜甫的《后出塞》共计五首，此为组诗的第二首。本诗以一个刚刚入伍的新兵的口吻，叙述了出征关塞的部伍生活情景。从艺术手法上看，作者以时间的推移为顺序，在起二句作了必要的交代之后，依次画出了日暮、傍黑、月夜三幅军旅生活的图景。三幅画都用速写的画法，粗笔勾勒出威严雄壮的军容气势。而且，三幅画面都以边地旷野为背景，通过选取各具典型特征的景物，分别描摹了出征大军的三个场面：

暮野行军图体现军势的凛然和庄严;沙地宿营图体现军容的壮阔和整肃;月夜静营图体现军纪的森严和气氛的悲壮。最后用新兵不可自抑的叹问和想象收尾。全诗层次井然,步步相生;写景叙意,有声有色。故宋人刘辰翁赞云:"其时、其境、其情,真横槊间意,复欲一语似此,千古不可得。"(清杨伦《杜诗镜铨》卷三引)

（崔　闽）

诗 / 人 / 小 / 传

▶▶ **岑参**（约715—770） 江陵（今湖北荆州市荆州区）人。天宝进士。曾随高仙芝到安西、武威，后又入封常清北庭幕府。安史之乱后入朝任右补阙，官至嘉州刺史，卒于成都。世称岑嘉州。其诗与高适齐名，并称"高岑"。长于七言歌行。由于从军西域多年，对边塞生活有深刻体验，善于描绘异域风光和战争景象。其诗气势豪迈，情辞慷慨，语言变化自如。有《岑嘉州诗集》。

白雪歌送武判官归京

岑 参

北风卷地白草折，　胡天八月即飞雪。

忽如一夜春风来，　千树万树梨花开。

散入珠帘湿罗幕，　狐裘不暖锦衾薄。

将军角弓不得控，　都护铁衣冷难着。

瀚海阑干百丈冰[①]，愁云惨淡万里凝。

中军置酒饮归客，　胡琴琵琶与羌笛。

纷纷暮雪下辕门，　风掣红旗冻不翻。

轮台[②]东门送君去，去时雪满天山路。

山回路转不见君，　雪上空留马行处。

---

① 瀚海：指沙漠。阑干：纵横散乱貌。
② 轮台：唐县名，治所在今新疆维吾尔自治区乌鲁木齐市米东区境。

　　此诗是一首咏雪送人之作。天宝十三载(754),岑参再度出塞,充任安西北庭节度使封常清的判官。武某或即其前任。为送他归京,写下此诗。

　　充满奇情妙思,是此诗主要的特色(这很能反映诗人创作个性)。作者用敏锐的观察力和感受力捕捉边塞奇观,笔力矫健,有大笔挥洒(如"瀚海"二句),有细节勾勒(如"风掣红旗冻不翻"),有真实生动的摹写,也有浪漫奇妙的想象(如"忽如"二句),再现了边地瑰丽的自然风光,充满浓郁的边地生活气息。全诗融合着强烈的主观感受,在歌咏自然风光的同时还表现了雪中送人的真挚情谊。诗情内涵丰富,意境鲜明独特,具有极强的艺术感染力。诗的语言明朗优美,又利用换韵与场景画面交替的配合,形成跌宕生姿的节奏旋律。诗中或二句一转韵,或四句一转韵,转韵时场景必更新:开篇入声起音陡促,与风狂雪猛画面配合;继而音韵轻柔舒缓,随即出现"春暖花开"的美景;以下又转沉滞紧涩,出现军中苦寒情事……末四句渐入徐缓,画面上出现渐行渐远的马蹄印迹,使人低回不已。全诗音情配合极佳,当得"有声画"的称誉。

（周啸天）

走马川行奉送出师西征

岑　参

君不见走马川①,雪海边②,平沙莽莽黄入天。

轮台^③九月风夜吼,一川碎石大如斗,随风满地石乱走。

匈奴草黄马正肥,金山西见烟尘飞,汉家大将西出师。

将军金甲夜不脱,半夜军行戈相拨,风头如刀面如割。

马毛带雪汗气蒸,五花连钱旋作冰^④,幕中草檄砚水凝。

虏骑闻之应胆慑,料知短兵不敢接,车师^⑤西门伫献捷。

① 走马川:又名左末河,即今之车尔成河,在今新疆维吾尔自治区境内。一说指冰川遗迹。
② 雪海:泛指西域一带地区。
③ 轮台:唐县名,治所在今新疆维吾尔自治区乌鲁木齐市米东区境。
④ 五花:即五花马,马之毛色作五花文者。连钱:代指骑马时使用的连钱障泥。障泥上饰有
花纹如连钱,故称。
⑤ 车师:唐安西都护府所在地,今新疆维吾尔自治区吐鲁番市。

赏析

　　岑参诗的特点是意奇语奇,尤其是边塞之作,奇气益著。《白雪歌
送武判官归京》是奇而婉,侧重在表现边塞绮丽瑰异的风光,给人以清
新俊逸之感;这首诗则是奇而壮,风沙的猛烈,人物的豪迈,都给人以
雄浑壮美之感。

　　诗人很善于抓住典型的环境和细节来描写唐军将士勇武无敌的飒
爽英姿。如环境是夜间,"将军金甲夜不脱",以夜不脱甲,写将军重任
在肩,以身作则。"半夜军行戈相拨"写半夜行军。从"戈相拨"的细节
可以想见夜晚一片漆黑,和大军衔枚疾走、军容整肃严明的情景。写边
地的严寒,不写千丈之坚冰,而是通过几个细节来描写来表现的。"风
头如刀面如割",呼应前面风的描写;同时也是大漠行军最真切的感受。

　　"马毛带雪汗气蒸,五花连钱旋作冰。"战马在寒风中奔驰,那蒸腾
的汗水,立刻在马毛上凝结成冰。诗人抓住了马身上那凝而又化、化而

又凝的汗水进行细致的刻画,以少胜多,充分渲染了天气的严寒,环境的艰苦和临战的紧张气氛。"幕中草檄砚水凝",军幕中起草檄文时,发现连砚水也冻结了。诗人巧妙地抓住了这个细节,笔墨酣畅地表现出将士们斗风傲雪的战斗豪情。这样的军队有谁能敌呢? 这就引出了最后三句,料想敌军闻风丧胆,预祝奏凯而归,行文就像水到渠成一样自然。

(张燕瑾)

轮台歌奉送封大夫出师西征

岑 参

轮台城头夜吹角, 轮台城北旄头落[①]。
羽书昨夜过渠黎[②],单于已在金山西[③]。
戍楼西望烟尘黑, 汉兵屯在轮台北。
上将拥旄西出征, 平明吹笛大军行。
四边伐鼓雪海涌, 三军大呼阴山动。
虏塞兵气连云屯, 战场白骨缠草根。
剑河风急雪片阔, 沙口石冻马蹄脱。
亚相[④]勤王甘苦辛,誓将报主静边尘。
古来青史谁不见, 今见功名胜古人。

---

① 旄(máo)头落:旄是古代用牦牛尾作竿饰的旗子。据《史记·天官书》:"昴为髦头(旄头),胡星也。"古人认为旄头跳跃主胡兵大起,而"旄头落"则主胡兵覆灭。
② 渠黎:汉代西域诸国之一。在今新疆维吾尔自治区轮台县东南。
③ 金山:即今阿尔泰山,突厥语"阿尔泰"就是金。

④ 亚相：封常清于天宝十三载（754）以节度使摄御史大夫，位次宰相，故诗中美称为"亚相"。

作者写自然好写大风大雪、极寒酷热，而这里写军事也是同一作风，将是拥旄（节旄，军权之象征）之"上将"，三军则写作"大军"，士卒呐喊是"大呼"。总之，"其所表现的人物事实都是最伟大、最雄壮的、最愉快的，好像一百二十面鼓，七十面金钲合奏的鼓吹曲一样，十分震动人的耳鼓。和那丝竹一般细碎而悲哀的诗人正相反对"（徐嘉瑞《岑参》）。于是军队的声威超于自然之上，仿佛冰冻的雪海亦为之汹涌，巍巍阴山亦为之摇撼，这出神入化之笔表现出一种所向无敌的气概。

"三军大呼阴山动"，似乎胡兵亦将败如山倒。殊不知下面四句中，作者拗折一笔，战斗并非势如破竹，而斗争异常艰苦。"虏塞兵气连云屯"，极言对方军队集结之多。诗人借对方兵力强大以突出己方兵力的更为强大，这种以强衬强的手法极妙。"战场白骨缠草根"，借战场气氛之惨淡暗示战斗必有重大伤亡。以下两句又极写气候之奇寒。"剑河""沙口"这些地名有泛指意味，地名本身亦似带杀气；写风曰"急"，写雪片曰"阔"，均突出了边地气候之特征；而"石冻马蹄脱"一语尤奇：石头本硬，"石冻"则更硬，竟能使马蹄脱落，则战争之艰苦就不言而喻了。作者写奇寒与牺牲，似是渲染战争之恐怖，但这并不是他的最终目的。作为一个意志坚忍，喜好宏伟壮烈事物的诗人，如此淋漓兴会地写战场的严寒与危苦，是在直面正视和欣赏一种悲壮画面，他这样写，正是歌颂将士之奋不顾身。

（周啸天）

送李副使赴碛西官军

岑 参

火山六月应更热，赤亭道口行人绝。

知君惯度祁连城^①，岂能愁见轮台月^②。

脱鞍暂入酒家垆，送君万里西击胡。

功名只向马上取，真是英雄一丈夫。

---

① 祁连城：在今甘肃张掖西南。
② 轮台：唐代庭州有轮台县，这里指汉置古轮台（在今新疆轮台县东南），李副使赴碛西经过
　　此地。

赏析

　　这首送别诗，既不写饯行时的歌舞盛宴，也不写分手时的难舍离情。作者只是以知己的身份说话行事，祝酒劝饮，然而字里行间却使人感到一股激情在荡漾。

　　这是天宝十载（751）六月，李副使（名不详）将离武威，远赴碛西，即安西都护府（治所在今新疆库车附近）。因而诗的开头两句即点明时令，以李副使出塞途中必经的火山、赤亭这段最艰苦的旅程开篇。"火山五月人行少"（《武威送刘判官赴碛西行军》），诗人早有吟咏，况六月酷暑？作者不从饯行话别落笔，而以火山、赤亭起句，造成一个特殊的背景，烘托出李副使不畏艰苦，毅然应命前行的豪迈气概，而一

路珍重的送别之意也暗含其中了。三、四两句在写法上作一转折,明写李氏不平凡的经历,激励其一往无前:知道您经常出入边地,岂能见到轮台的月亮而惹起乡愁呢?这里"岂能"故作反问,暗示出李副使长期驰骋沙场,早已把乡愁置于脑后了。"岂能愁见轮台月",是盛唐时代人们积极进取精神的反映,是盛唐之音中一个昂扬的音节。诗的五、六两句是招呼、劝说的口气,挽留李副使脱鞍稍驻,暂入酒家,饮酒话别。作者越过一般送别诗多诉依依不舍之情的藩篱,直接提出此次西行"击胡"的使命,化惆怅为豪放,在送别的诗题下开拓了新的意境。诗末两句直抒胸襟,更是气贯长虹:功名请向戎马沙场上求取,这才是一个真正的大丈夫。"只向",语气恭敬而坚决。这既可看作岑参勉励李氏立功扬名,创造英雄业绩,又何尝不是自己的理想和壮志呢?

(林家英)

凉州馆中与诸判官夜集①

岑　参

弯弯月出挂城头,城头月出照凉州。

凉州七里十万家,胡人半解弹琵琶。

琵琶一曲肠堪断,风萧萧兮夜漫漫。

河西幕中多故人,故人别来三五春。

花门楼前见秋草,岂能贫贱相看老。

一生大笑能几回,斗酒相逢须醉倒。

---

① 凉州:治所在今甘肃武威,唐河西节度府设于此地。馆:客舍。判官:唐代节度使、观察使
　下的属官。

赏析

　　这首诗把边塞生活情调和强烈的时代气息结合了起来。全诗由月照凉州开始,在着重表现边城风光的同时,那种月亮照耀着七里十万家和城中荡漾的一片琵琶声,也鲜明地透露了当时凉州的阔大的格局、和平安定的气氛。如果拿它和宋代范仲淹的《渔家傲》相比,即可见同样是写边城,写秋天的季节,写少数民族的音乐,但那种"长烟落日孤城闭""羌管悠悠霜满地"的描写,所表现的时代气氛就完全不同了。

　　至于诗所写的夜宴,更是兴会淋漓,豪气纵横,不是盛唐的人不能如此。"花门楼前见秋草,岂能贫贱相看老。"不是有感于时光流逝,叹老嗟卑,而是有着能够掌握自己命运的豪迈感,表现出奋发的人生态度。"一生大笑能几回"的笑,更是爽朗健康的笑。它来源于对前途、对生活的信心。同样,末句"须醉倒",也不是借酒浇愁,而是以酒助兴,是豪迈乐观的醉。读者从人物的神态中,能感受到盛唐的时代脉搏。

(余恕诚)

武威送刘判官赴碛西行军

岑 参

火山^①五月行人少,看君马去疾如鸟。
都护行营太白^②西,角声一动胡天晓。

---

① 火山:即今新疆吐鲁番的火焰山,海拔四五百米,岩石多为第三纪砂岩,色红如火,气候
　炎热。
② 太白:亦称金星,古人认为它的出现在某种情况下预示敌人的败亡("其出西失行,外国
　败",见《史记·天官书》)。

赏析

　　天宝十载(751)五月,西北边境石国太子引大食(古阿拉伯帝国)等部袭击唐境,当时的武威(今属甘肃)太守、安西节度使高仙芝将兵三十万出征抵抗。此诗是作者于武威送僚友刘判官(名单)赴军前之作,"碛西"即安西都护府。这是一首即兴口占而颇为别致的送行小诗。

　　"角声一动胡天晓",这最后一句真可谓一篇之警策。从字面解会,这是作者遥想军营之晨的情景。本来是拂晓到来军营便吹号角,然而在这位好奇诗人天真的心眼里,却是一声号角将胡天惊晓(犹如号角能将兵士惊醒一样)。这实在可与后来李贺"雄鸡一声天下白"(《致酒行》)的奇句媲美,显出唐军将士回旋天地的凌云壮志。联系上句"太白"出现所预兆的,这句之含蕴比字面意义远为深刻。它实

际等于说：只要唐军一声号令，便可决胜，一扫如磐夜气，使西域重见光明。此句不但是赋，而且含有比兴、象征之意。正因为如此，这首送别诗才脱弃一般私谊范畴，而升华到更高的思想境界。

此诗不落一般送别诗之窠臼。它没有直接写惜别之情和直言对胜利的祝愿。而只就此地与彼地情景略加夸张与想象，叙述自然，比兴得体，颇能壮僚友之行色，惜别与祝捷之意也就见于言外，在送别诗中堪称独具一格了。

（周啸天）

碛　中　作

岑　参

走马西来欲到天，辞家见月两回圆。

今夜未知何处宿，平沙莽莽绝人烟。

赏析

在唐代诗坛上，岑参的边塞诗以奇情异趣独树一帜。他两次出塞，对边塞生活有深刻的体会，对边疆风物怀深厚的感情。这首《碛中作》，就写下了诗人在万里沙漠中勃发的诗情。

诗人精心摄取了沙漠行军途中的一个剪影，向读者展示他戎马倥偬的动荡生活。诗于叙事写景中，巧妙地寄寓细微的心理活动，含而不露，蕴藉感人。

"走马西来欲到天",从空间落笔,气象壮阔。走马疾行,显示旅途紧张。"西来",点明了行进方向。"欲到天",既写出了边塞离家之远,又展现了西北高原野旷天低的气势。诗人在《碛西头送李判官入京》中写过"过碛觉天低"的雄浑诗句。大漠辽阔高远,四望天地相接,真给人以"欲到天"的感觉。"辞家见月两回圆",则从时间着眼,柔情似水。表面上看,似乎诗人只是点明了离家赴边已有两月,交代了时间正当十五月圆;然而细一推敲,诗人无穷思念正蕴藏其中。一轮团圞的明月当空朗照,触动了诗人的情怀,他不由得思想起辞别两个月的"家"来。时间记得那么清晰,表明他对故乡、对亲人的思念之殷切。现在,月圆人不圆,怎么不叫人感慨万分?也许他正想借这照耀千里的明月,把他的思念之情带往故乡,捎给亲人?诗人刚刚把他的心扉向我们打开了一条缝隙,透露出这样一点点内心深处的消息,却又立即由遐想回到现实——"今夜未知何处宿,平沙莽莽绝人烟"。前句故设疑问,只道"未知",并不作正面回答,转而融情入景,给读者留下充分想象的余地。后句写出了明月照耀下,荒凉大漠无际无涯的朦胧景象。景色是苍凉的,但感情并不低沉、哀伤。在诗人笔下,戎马生涯的艰苦,边疆地域的荒凉,正显示诗人从军边塞的壮志豪情。正如诗人所说:"万里奉王事,一身无所求。也知塞垣苦,岂为妻子谋!"(《初过陇山途中呈宇文判官》)。

这首诗以鲜明的形象造境写情,情与景契合无间,情深意远,含蕴丰富,读来别有神韵。

(张燕瑾)

诗 / 人 / 小 / 传

▶▶ **严武**(726—765) 字季鹰,华阴(今属陕西)人。初为拾遗,后任成都尹。两次镇蜀,以军功封郑国公。与杜甫友善,常以诗歌唱和。《全唐诗》存其诗六首。

军城早秋

严 武

昨夜秋风入汉关,朔云边月满西山。

更催飞将追骄虏,莫遣沙场匹马还。

赏析

　　安史之乱以后,唐王朝国力削弱,吐蕃乘虚而入,曾一度攻入长安,后来又向西南地区进犯。严武两次任剑南节度使,广德二年(764)秋天,他率兵西征,击败吐蕃七万多人,失地收复,安定了蜀地。这首《军城早秋》,一方面使我们看到诗人作为镇守一方的主将的才略和武功,另一方面也表现了这位统兵主将的辞章文采,能文善武,无怪杜甫称其为"出群"之才。

　　诗的第一句"昨夜秋风入汉关",看上去是写景,其实是颇有寓意的。我国西北和北部的少数民族的统治武装,常于秋高马肥的季节向内地进犯。"秋风入汉关",就意味着边境上的紧张时刻又来临了。"昨夜"二字,紧扣诗题"早秋"。如此及时地了解"秋风",正反映了严武作为边关主将对时局的密切关注,对敌情的熟悉。第二句接着写诗人听到秋风的反应。这个反应是很有个性的,他立即注视西山(即今四川西部大雪山),表现了主将的警觉、敏感,也暗示了他对时局所关注的具体内容。西山怎样呢? 寒云低压,月色清冷,再加上一个"满"字,就把那阴沉肃穆的气氛写得更为浓重,这气氛正似风云突变的前兆,大战前的沉默。"眼中形势胸中策"(宋宗泽《早发》),这是一切将领用兵作战的基本规律。所以诗的前两句既然写出了战云密布的"眼中形势",那胸中之策就自不待言了。诗中略去这一部分内容,正表现了严武是用兵的行家。

"更催飞将追骄虏,莫遣沙场匹马还。""更催"二字暗示战事已按主将部署胜利展开。两句一气而下,笔意酣畅,字字千钧,既显示出战场上势如破竹的气势,也表现了主将刚毅果断的气魄和胜利在握的神情,而整个战斗的结果也自然寓于其中了。

(赵其钧)

▶▶ **柳中庸**（？—775） 名淡，以字行。河东（今山西永济）人。曾诏授洪府户曹。与兄并、弟中行，皆以文名。安史乱起，随父至江南，在湖州与皎然等唱和。诗工近体。《全唐诗》存其诗十三首。

征 人 怨

柳中庸

岁岁金河复玉关，朝朝马策与刀环。

三春白雪归青冢，万里黄河绕黑山。

前两句就时记事，说的是：年复一年，东西奔波，往来边城；日复一日，跃马横刀，征战不休。"金河"，即大黑河，在今内蒙古呼和浩特市南。"玉关"，即甘肃玉门关。金河在东而玉门关在西，相距很远，但都是边陲前线。"马策"，即马鞭。"刀环"，刀柄上的铜环。马策、刀环虽小而微，然而对于表现军中生活来说却有典型性，足以引起对征戍之事的一系列的联想。这两句"岁岁""朝朝"相对，"金河""玉关"，"马策""刀环"并举，又加以"复"字、"与"字，给人以单调困苦、不尽无穷之感，怨情自然透出。

前两句从"岁岁"说到"朝朝"，似乎已经把话说尽。然而对于满怀怨情的征人来说，这只是说着了一面。他不仅从那无休止的时间中感到怨苦之无时不在，而且还从即目所见的景象中感到怨苦之无处不有，于是又有三、四句之作。

　　"青冢"是西汉时王昭君的坟墓,在今呼和浩特市境内,当时被认为是远离中原的一处极僻远荒凉的地方。传说塞外草白,唯独昭君墓上草色发青,故称青冢。时届暮春,在苦寒的塞外却"春色未曾看",此时回到青冢,仍见白雪飘飞。萧杀如此,怎不令人凄绝?末句写随滔滔万里黄河,奔腾向前,又绕过沉沉黑山。上句说青冢,这里自然想起青冢附近的黑山,并用一个"绕"字牵合,寄寓绵绵怨情。这两句写景,都是征人常见之景,常履之地,因而从白雪青冢与黄河黑山这两幅图画里,我们不仅看到征戍之地的寒苦与荒凉,也可以感受到征人转战跋涉的苦辛。诗虽不直接发为怨语,而蕴蓄于其中的怨恨之情足以使人回肠荡气。

（陈志明）

▶▶ **卢纶**(约742—约799)　字允言,河中蒲(今山西永济西南)人。大历中由王缙荐为集贤学士、秘书省校书郎。后任河中浑瑊元帅府判官,官至检校户部郎中。为"大历十才子"之一。诗多送别酬答之作,也有反映军士生活者。有《卢纶诗集》十卷。

塞下曲六首（其二）

卢　纶

林暗草惊风,将军夜引弓。

平明寻白羽,没在石棱中。

赏析

　　卢纶《塞下曲》共六首一组,分别写发号施令、射猎破敌、奏凯庆功等等军营生活。因为是和张仆射之作(诗题一作"和张仆射塞下曲"),语多赞美之意。

　　此为组诗的第二首,写将军夜猎,见林深处风吹草动,以为是虎,便弯弓猛射。天亮一看,箭竟然射进一块石头中去了。通过这一典型情节,表现了将军的勇武。诗的取材,出自《史记·李将军列传》。据载,汉代名将李广猿臂善射,在任右北平太守时,就有这样一次富于戏剧性的经历:"广出猎,见草中石,以为虎而射之。中石没镞,视之石也。因复更射之,终不能复入石矣。"

　　首句写将军夜猎场所是幽暗的深林;当时天色已晚,一阵阵疾风刮来,草木为之纷披。这不但交代了具体的时间、地点,而且制造了一种气氛。右北平是多虎地区,深山密林是百兽之王的猛虎藏身之所,而虎又多在黄昏夜分出山。"林暗草惊风",着一"惊"字,就不仅令人自然联想到其中有虎,呼之欲出,渲染出一片紧张异常的气氛,而且也暗示将军是何等警惕,为下文"引弓"作了铺垫。次句即续写射。但不言"射"而言"引弓",这不仅是因为诗要押韵的缘故,而且因为"引"是"发"的准备动作,这样写能启示读者从中想象、体味将军临险是何等镇定自若,从容不迫。在一"惊"之后,将军随即搭箭开弓,动作敏捷有力而不仓皇,既具气势,而形象也益鲜明。

后二句写"没石饮羽"的奇迹,把时间推迟到翌日清晨("平明"),将军搜寻猎物,发现中箭者并非猛虎,而是蹲石,令人读之,始而惊异,既而嗟叹:原来箭杆尾部装置着白色羽毛的箭,竟"没在石棱中",入石三分。这样写不仅更为曲折,有时间、场景变化,而且富于戏剧性。"石棱"为石的突起部分,箭头要钻入殊不可想象。神话般的夸张,为诗歌形象涂上一层浪漫色彩,读来特别尽情够味,只觉其妙,不以为非。

(周啸天)

塞 下 曲 六 首（其三）

卢 纶

月黑雁飞高,单于夜遁逃。

欲将轻骑逐,大雪满弓刀。

《塞下曲》组诗共六首,这是第三首。卢纶虽为中唐诗人,其边塞

诗却依旧是盛唐的气象,雄壮豪放,字里行间充溢着英雄气概,读后令人振奋。

一、二句"月黑雁飞高,单于夜遁逃",写敌军的溃退。"月黑",无光也。"雁飞高",无声也。趁着这样一个漆黑的阒寂的夜晚,敌人悄悄地逃跑了。单于,是古时匈奴最高统治者,这里代指入侵者的最高统帅。"夜遁逃",可见他们已经全线崩溃。

尽管有夜色掩护,敌人的行动还是被我军察觉了。三、四句"欲将轻骑逐,大雪满弓刀",写我军准备追击的情形,表现了将士们威武的气概。试想,一支骑兵列队欲出,刹那间弓刀上就落满了大雪,这是一个多么扣人心弦的场面!

从这首诗看来,卢纶是很善于捕捉形象、捕捉时机的。他不仅能抓住具有典型意义的形象,而且能把它放到最富有艺术效果的时刻加以表现。诗人不写军队如何出击,也不告诉你追上敌人没有,他只描绘一个准备追击的场面,就把当时的气氛情绪有力地烘托出来了。"欲将轻骑逐,大雪满弓刀",这并不是战斗的高潮,而是迫近高潮的时刻。这个时刻,犹如箭在弦上,将发未发,最有吸引人的力量。你也许觉得不满足,因为没有把结果交代出来。但唯其如此,才更富有启发性,更能引逗读者的联想和想象,这叫言有尽而意无穷。神龙见首不见尾,并不是没有尾,那尾在云中,若隐若现,更富有意趣和魅力。

(袁行霈)

诗 / 人 / 小 / 传

▶▶ **李益**（748—约829）　字君虞，郑州（今属河南）人。大历进士。初因仕途不顺，弃官客游燕赵间。后官至礼部尚书。其诗音律和美，为当时乐工所传唱。长于七绝，以写边塞诗知名，情调感伤。有《李君虞诗集》二卷。

走进唐诗 边塞

过五原胡儿饮马泉

李　益

绿杨著水草如烟，旧是胡儿饮马泉①。
几处吹笳明月夜，何人倚剑白云天。
从来冻合关山路，今日分流汉使前。
莫遣行人照容鬓，恐惊憔悴入新年。

---

① 诗原注：鹏鹈泉在丰州城北，胡人饮马于此。

赏析

　　唐代五原县属盐州，今为内蒙古五原。中唐时，这是唐和吐蕃反复争夺的边缘地区。李益曾为幽州节度使刘济幕府，居边塞十余年。这首诗，是抒写诗人在春天经过收复了的五原时的复杂心情。

　　首句描写色彩明丽，景色诱人。但见五原的原野上，杨柳拂水，丰草映目，风光绮丽，春意盎然。可以看出，诗人刚踏上这块土地，心情是十分喜悦的。第二句诗意突然一跌，翻出另一番景象：曾几何时，清清的泉流却成为胡人饮马的地方，美丽的五原成了一片战场。"饮马泉"，原是专名，这里也可照字面理解为供饮马的水泉洼地。"旧是"，暗示出五原这片水草丰盛的土地，曾被吐蕃占据；又有失而复得之意，透露出诗人庆幸收复的欣慰之情。二字抚今追昔，情韵深厚。

次联写夜宿五原的见闻。明月当空，空旷的原野上，隐隐传来哀婉的胡笳声。胡笳，古代军中号角。"倚剑白云天"化用伪作战国楚宋玉《大言赋》"长剑耿耿倚天外"语，赞叹守边将士的英雄形象。然而，诗人用"几处""何人"的不定语气表示感叹，用月夜笳声显示悲凉气氛，又蕴含着一种忧伤的情调，微妙地表现出五原一带形势依旧紧张，感慨边防实则尚未巩固。

三联通过"从来"和"今日"的景色比较，又透露出诗人的心迹。冰雪严寒，关山险阻，道路坎坷，那是过去的惨景。如今气候解冻，春水分流，展现在人们眼前的则是另一番景象了。这里显然有诗人的感情寄托，"今日"充满生机的景象，毕竟使人感到一种希望和喜悦。"汉使"并非李益自指，他从未充任朝廷使职，当指李益的幕主。这两句写征途的顾往瞻来，寓意在委婉地希望朝廷乘胜前进。

末联诗人触景生情，发出意味深长的感慨。如今春暖解冻，这"胡儿饮马泉"的潺潺清流，恰似一面光亮的镜子，能照见人影；然而，切莫照呀，如果看见自己憔悴的面容怕是要吃惊呢！"莫遣"两字，见出诗人微妙的心曲。因为这胡儿饮马泉，何尝不是一面反映唐朝政治紊乱、国家衰弱的历史的镜子？正因为诗人积累了太多的失意、失望的体验，所以值此新春伊始，他不愿再用这面镜子对照自己失去的青春，不愿回顾已往。面对眼前国力犹弱、边防未固的现实，他更担心再度出现过去那样的悲凉景象。这种患得患失、忐忑不安的忧虑和伤感，表现出诗人多么希望保持这"绿杨著水草如烟"的眼前景色。因而他巧妙地采用不要让行人临水鉴镜的讽劝方式，委婉地表达了自己对朝廷的期望和忠告。

（倪其心）

度破讷沙二首（其二）

李 益

破讷沙头雁正飞，鸊鹈泉上战初归。

平明日出东南地，满碛寒光生铁衣。

赏析

诗题一作"塞北行次度破讷沙"。据说唐代丰州（治今内蒙古五原南）有九十九泉，在西受降城北三百里的鸊鹈泉号称最大。唐宪宗元和初，回鹘曾以骑兵进犯，与镇武节度使驻兵在此交战。诗当概括了这样的历史内容。"破讷沙"系沙漠译名，亦作"普纳沙"（《新唐书·地理志七》）。

前两句写部队凯旋度过破讷沙的情景。从三句始写"平明日出"可知，此时黎明尚未到来。军队夜行，"不闻号令，但闻人马之行声"，时而兵戈相拨，偶有铮钺之鸣。栖息在沙上的雁群，却早已警觉，相唤腾空飞去。"战初归"乃正写"度破讷沙"之事，"雁正飞"则是其影响所及。先写飞雁，未见其形先闻其声，造成先声夺人的效果。两句与卢纶《塞下曲》"月黑雁飞高，单于夜遁逃"，机杼略同，匠心偶合。不过"月黑雁飞高"用字稍刻意，烘托出单于的惊惶；"雁正飞"措词较从容，显示出凯旋者的气派，彼此感情色彩不同。三句写一轮红日从地平线喷薄而出（因人在西北，所以见"日出东南"），在广袤的平沙之上，行进的部队蜿蜒如游龙，战士的盔甲像银鳞一般，在日照下冷光闪闪，而整个沙原上，沙砾与霜华也闪烁光芒，鲜明夺目。这是一幅何等有生气的壮观景象！风沙迷漫的大漠上，本难见天清日丽的美景，而现在这样的美景竟为战士而生了。而战士的归来也使沙原增辉：仿佛整个沙漠耀眼的光芒，都自他们的甲胄发出。这又是何等光辉的人物形象！这里，境与意，客观的美景与主观的情感得到高度统一。末二句在措语上，分别化用汉乐府《陌上桑》之"日出东南隅"，北朝乐府《木兰诗》之"寒光生铁衣"，天然成对，十分巧妙。

清人吴乔曾说："七绝乃偏师，非必堂堂之阵，正正之旗，有或斗山上，或斗地下者。"（《围炉诗话》）此诗主要赞颂边塞将士的英雄气概，不写战斗而写战归。取材上即以偏师取胜，发挥了绝句特长。通篇造境独到，声情激越雄健，是盛唐高唱的余响。

（周啸天）

塞 下 曲 四 首（其一）

李 益

蕃州部落能结束，朝暮驰猎黄河曲。

燕歌未断塞鸿飞，牧马群嘶边草绿。

诗中"蕃州"乃泛指西北边地，"蕃州部落"则指驻守在黄河河套

（"黄河曲"）一带的边防部队。军中将士过着"岁岁金河复玉关，朝朝马策与刀环"（柳中庸《征人怨》）的生活，十分艰苦，但又被磨炼得十分坚强骁勇。首句只夸他们"能结束"，即善于戎装打扮。作者通过对将士们英姿飒爽的外形描写，示意读者其善战已不言而喻，所以下句写"驰猎"，不复言"能"而读者自可神会了。

军中驰猎，不比王公们佚游田乐，乃是一种常规的军事训练。健儿们乐此不疲，早晚都在操练，作好随时迎敌的准备。正是"为报如今都护雄，匈奴且莫下云中"（同组诗其四）。"朝暮驰猎黄河曲"的行动，表现出健儿们慷慨激昂、为国献身的精神和决胜信念，句中饱含作者对他们的赞美。

这两句着重刻画人物和人物的精神风貌，后两句则展现人物活动的辽阔背景。西北高原的景色是这样壮丽：天高云淡，大雁群飞，歌声飘荡在广袤的原野上，马群在绿草地撒欢奔跑，是一片生气蓬勃的气象。

（周啸天）

边　思

李　益

腰垂锦带佩吴钩，走马曾防玉塞秋。
莫笑关西将家子，只将诗思入凉州。

这很像是一首自题小像赠友人诗，但并不单纯描摹外在的形貌装

束,而是在潇洒风流的语调中透露出理想与现实的矛盾,寄寓着苍凉的时代和个人身世的感慨。

首句写自己的装束。腰垂锦带,显示出衣饰的华美和身份的尊贵,与第三句"关西将家子"相应;佩吴钩(一种吴地出产的弯刀),表现出意态的勇武英俊。杜诗有"少年别有赠,含笑看吴钩"(《后出塞诗五首》其一)之句,可见佩带吴钩在当时是一种显示少年英武风姿的时髦装束。寥寥两笔,就将一位华贵英武的"关西将家子"的形象生动地展现出来了。

第二句"走马曾防玉塞秋",进一步交代自己的战斗经历。北方游牧民族每到秋高马肥的季节,常进扰边境,需要预加防卫,称为"防秋"。玉塞,指玉门关。这句是说自己曾经参加过防秋玉塞、驰驱沙场的战斗行动。和上句以"锦带""吴钩"显示全体一样,这里是举玉塞防秋以概括丰富的战斗经历。

不过,诗意的重点并不在图形写貌,自叙经历,而是抒写感慨。这正是三、四两句所要表达的内容。"莫笑关西将家子,只将诗思入凉州。"关西,指函谷关以西。古代有"关西出将,关东出相"的说法。表面上看,这两句诗语调轻松洒脱,似乎带有一种风流自赏的意味;但如果深入一层,结合诗人所处的时代、诗人的理想抱负和其他作品来体味,就不难发现,在这潇洒轻松的语调中正含有无可奈何的苦涩和深沉的感慨。

(刘学锴)

从 军 北 征

李 益

天山雪后海风寒,横笛遍吹《行路难》[①]。
碛里征人三十万,一时回首月中看。

[①]《行路难》:乐府《杂曲歌辞》篇名,《乐府解题》说:"《行路难》,备言世路艰难及离别悲伤之意。"南朝鲍照《拟行路难》十九首,为乐府名作。

赏析

这里是一个壮阔而又悲凉的行军场景,经诗人剪裁、加工,并注入自己的感情,使它更浓缩、更集中地再现在读者面前。

诗的首句"天山雪后海风寒",是这幅画的背景,只七个字,就把地域、季节、气候一一交代清楚,有力地烘托出了这次行军的环境气氛。这样,接下来不必直接描述行军的艰苦,只用"横笛遍吹《行路难》"一句就折射出了征人的心情。《行路难》是一个声情哀怨的笛曲,据《乐府解题》说,它的内容兼及"离别悲伤之意"。王昌龄在一首《变行路难》中有"向晚横吹悲"的句子。而这里用了"遍吹"两字,更点明这时传来的不是孤孤单单、声音微弱的独奏,而是此吹彼和、响彻夜空的合鸣,从而把读者带进一个悲中见壮的境界。

诗的后两句"碛里征人三十万,一时回首月中看",是这一片笛声在军中引起的共感。句中的"碛里""月中",也是烘染这幅画的背景的,起了加重首句的作用,说明这支远征军不仅在雪后的天山下、刺骨的寒风里,而且在荒漠上、月夜中,这就使人加倍感到环境的荒凉、气氛的悲怆。

(陈邦炎)

听 晓 角

李 益

边霜昨夜堕关榆,吹角当城汉月孤。

无限塞鸿飞不度,秋风卷入《小单于》①。

---

① 小单于:唐代大角曲名。

诗的前两句"边霜昨夜堕关榆,吹角当城汉月孤",是以环境气氛来烘托角声,点明这片角声响起的地点是边关,季节当深秋,时间方破晓。这时,浓霜满地,榆叶凋零,晨星寥落,残月在天;回荡在如此凄清的环境气氛中的角声,其声情会是多么悲凉哀怨,这是不言而喻的。从表面看,这两句只是写景,写角声,但这是以没有出场的征人为中心,写他的所见所闻,而且,字里行间还处处透露出他的所感所思。

长期身在边关的李益,深知边声,特别是边声中的笛声、角声等是怎样拨动征人的心弦、牵引征人的愁思的;因此,他的一些边塞诗往往让读者从一个特定的音响环境进入人物的感情世界。如《夜上受降城闻笛》诗云:"回乐烽前沙似雪,受降城外月如霜。不知何处吹芦管,一夜征人尽望乡。"《从军北征》诗云："天山雪后海风寒,横笛遍吹《行路难》。碛里征人三十万,一时回首月中看。"两诗都是从笛声写到听笛的征人,以及因此触发的情思、引起的反应。这首《听晓角》诗,也从音响着眼下笔,但在构思和写法上却另有其独特之处。当人们读了诗的前两句,总以为将像上述二诗那样,接下去要由角声写到倾听角声的征人,并进而道出他们的感受了。可是,出人意料之外,诗的后两句却是:"无限塞鸿飞不度,秋风卷入《小单于》。"原来诗人的视线仍然停留在寥廓的秋空,从天边的孤月移向一群飞翔的鸿雁。这里,诗人目迎神往,驰骋他的奇特的诗思,运用他的夸张的诗笔,想象和描写这群从塞北飞到南方去的候鸟,听到秋风中传来画角吹奏的《小单于》曲,也深深为之动情,因而在关上低回流连,盘旋不度。这样写,以雁代人,从雁取影,深一步、曲一层地写出了角声的悲亢凄凉。雁犹如此,人何以堪?征人的感受就也不必再事描述了。

(陈邦炎)

夜上受降城^①闻笛

李　益

回乐烽前沙似雪,受降城外月如霜。

不知何处吹芦管,一夜征人尽望乡。

---

① 贞观二十年(646),唐太宗曾亲临灵州接受突厥一部的投降,"受降城"之名即由此而来。

　　这是一首抒写戍边将士乡情的诗作。诗题中的受降城,是灵州治所回乐县(古县名,西夏时废,治今宁夏灵武市西南)的别称。在唐代,这里是防御突厥、吐蕃的前线。

　　诗的开头两句,写登城时所见的月下景色。远望回乐城东面数十里的丘陵上,耸立着一排烽火台。丘陵下是一片沙地,在月光的映照下,沙子像积雪一样洁白而带有寒意。近看,但见高城之外,天上地下满是皎洁、凄冷的月色,有如秋霜那样令人望而生寒。这如霜的月光和月下雪一般的沙漠,正是触发征人乡思的典型环境。而一种置身边地之感、怀念故乡之情,隐隐地袭上了诗人的心头。在这万籁俱寂的静夜里,夜风送来了凄凉幽怨的芦笛声,更加唤起了征人望乡之情。"不知何处吹芦管,一夜征人尽望乡","不知"两字写出了征人迷惘的心情,"尽"字又写出了他们无一例外的不尽的乡愁。

(陈志明)

▶▶ **陈羽**(约 753—?) 江东吴县(今江苏苏州)人。贞元进士,后官东宫卫佐。诗多近体,注重文采,能够情景交融。《全唐诗》存其诗一卷。

走进唐诗
边塞

从 军 行

陈 羽

海①畔风吹冻泥裂,梧桐叶落枝梢折。
横笛闻声不见人, 红旗直上天山雪。

---

① 海:指湖泊。

赏析

　　这是一首写风雪行军的仄韵绝句,全诗写得十分壮美。一、二句写从军将士面对的环境极为严酷:天山脚下寒风劲吹,湖边("海畔")冻泥纷纷裂开,梧桐树上的叶子已经刮光,枝梢被狂风折断。就在这一严酷的背景上,映出皑皑雪山,传出高亢嘹亮的笛声。三、四两句是主体,意在写人。诗人以这一笛声,使人产生这里有人的联想,同时又将人隐去,以"不见人"造成悬念——那风里传来的笛声究竟来自何处呢? 从而自然转出末句:寻声望去,只见在天山白雪的映衬下,一行红旗正在向峰巅移动。风雪中红旗不乱,已足见出从军将士的精神;"直上"的动态描写,更使画面生机勃然,高昂的士气,一往无前的精神,尽在这"直上"二字中溢出。

(陈志明)

▶ **常建** 开元进士。任盱眙尉。天宝中，曾寓居鄂渚，以诗招王昌龄、张偾同隐。约卒于天宝末。其诗长于五言，多以山水景物为题材，叩寂寻幽，风格近似王、孟。以边塞、羁旅、音乐为题材的诗，亦有佳作。今传《常建诗集》。

塞 下 曲 四 首（其一）

常 建

玉帛朝回望帝乡，乌孙归去不称王。

天涯静处无征战，兵气销为日月光。

赏析

　　边塞诗大都以词情慷慨，景物恢奇，充满报国的忠贞或低回的乡思为特点。常建的这首《塞下曲》却独辟蹊径，弹出了不同寻常的异响。

　　这首诗既未炫耀武力，也不嗟叹时运，而是立足于民族和睦的高度，讴歌了化干戈为玉帛的和平友好的主题。中央朝廷与西域诸族的关系，历史上阴晴不定，时有弛张。作者却拈出了美好的一页加以热情的赞颂，让明媚的春风吹散弥漫一时的滚滚狼烟，赋予边塞诗一种全新的意境。

　　诗的头两句，是对西汉朝廷与乌孙民族友好交往的生动概括。"玉帛"，指朝觐时携带的礼品。《左传·哀公七年》有"禹合诸侯于涂山，执玉帛者万国"之谓。执玉帛上朝，是一种宾服和归顺的表示。"望"字用得笔重情深，乌孙使臣朝罢西归，而频频回望帝京长安，眷恋不忍离去,说明恩重义浃,相结很深。"不称王"点明乌孙归顺,边境安定。乌孙是活动在伊犁河谷一带的游牧民族,为西域诸国中的大邦。据《汉书》记载,武帝以来朝廷待乌孙甚厚,双方聘问不绝。武帝为了抚定西域,遏制匈奴,曾两次以宗女下嫁,订立和亲之盟。太初间(前104—前101),武帝立楚王刘戊的孙女刘解忧为公主,下嫁乌孙,生了四男二女,儿孙们相继立为国君,长女也嫁为龟兹王后。从此,乌孙与汉朝长期保持着和平友好的关系,成为千古佳话。常建首先以诗笔来讴歌这段历史,虽只寥寥数语,却能以少总多,用笔之妙,识见之精,实属难能可贵。

　　一、二句平述史实,为全诗铺垫。三、四句顺势腾骞,波涌云飞,形成高潮。"天涯"上承"归去",乌孙朝罢西归,马足车轮,邈焉万里,这辽阔无垠的空间,便隐隐从此二字中见出。"静"字下得尤为有力。玉门关外的茫茫大漠,曾经是积骸成阵的兵争要冲,如今却享有和平宁静的生活。这是把今日的和平与昔时的战乱作明暗交织的两面关锁的写法,于无字处皆有深意,是诗中之眼。诗的结句雄健入神,情绪尤为昂扬。诗人用彩笔绘出一幅辉煌画卷:战争的阴霾消散净尽,日月的光华照彻寰宇。

(周笃文)

▶▶ **张籍**(约767—约830) 字文昌,苏州(今属江苏)人,少时侨寓和州乌江(今安徽和县东北)。贞元进士,历任太常寺太祝、水部员外郎、国子司业等职,故世称张水部或张司业。他对文学社会作用的认识,与白居易相近。其乐府诗多反映当时社会矛盾和民生疾苦,也有描写妇女的不幸处境者,甚受白居易推崇。和王建齐名,世称"张王"。有《张司业集》。

凉州① 词三首(其一)

张 籍

边城暮雨雁飞低,芦笋初生渐欲齐。

无数铃声遥过碛,应驮白练到安西②。

---

① 凉州:州名。唐时辖境在今甘肃永昌以东,天祝以西一带。公元八世纪后期至九世纪中叶曾属吐蕃。
② 安西:唐代六都护府之一。开元六年(718)安西都护府统辖境内龟兹、焉耆、于阗、疏勒等地,贞元六年(790)以后,以辖境尽入吐蕃而废弃。

赏析

  唐德宗贞元六年(790)以后至九世纪中叶,安西和凉州边地尽入吐蕃手中,"丝绸之路"向西一段也为吐蕃所占。张籍在凉州词中表达了他对边事的忧愤。

  诗一开始就写边塞城镇荒凉萧瑟的气氛:"边城暮雨雁飞低"。黄昏时分,边城阴雨连绵,雁儿在阴沉沉的暮雨天中低飞,而不是在晴朗的天空中高高飞翔,这给人以一种沉重的压抑感,象征中唐西北边境并不安宁。诗人抓着鸿雁低飞这一景象下笔,含义深邃,意在言外。

远景写得阴沉抑郁。近景则相反,富有朝气:"芦笋初生渐欲齐"。河边芦苇发芽似笋,抽枝吐叶,争着向上生长。近景的色彩鲜明,情调昂扬,和远景的幽深低沉刚好形成强烈的对照。以上两句所写一抑一扬,一暗一明的景色,互相衬托,相得益彰。

芦笋的蓬勃生机给边境带来春色,荒漠的大地上也看到人的活动了:"无数铃声遥过碛"。看!一列长长的骆驼队远远地走过沙漠,颈上的悬铃不断摇动,发出响亮悦耳的声音,给人以安谧的感觉。诗人以诉之听觉的铃声让人产生视觉的骆驼队形象,从而触发起一种神往的感情,这样便把听觉、视觉和意觉彼此沟通起来,写得异常巧妙,极富创新精神。这就是美学上所说的"通感"手法。但联系下面一句,这种感情便起了突变。

无数铃声意味着很多的骆驼商队。如今它们走向遥远的沙漠,究竟通向哪里去呢?诗人不由怀念起往日"平时安西万里疆"丝绸之路上和平繁荣的情景。"应驮白练到安西。"在这"芦笋初生渐欲齐"的温暖季节里,本应是运载丝绸的商队"万里向安西"的最好时候呀!言外之意是说,现在的安西都护府辖境为吐蕃控制,"丝绸之路"早已闭塞阻隔,骆驼商队再不能到达安西了。句首一"应"字,凝聚了多么辛酸而沉痛的感情!

这首《凉州词》用浓厚的色彩描绘西北边塞风光,它宛如一幅风景油画,远近景的结构,层次分明,明暗的对比强烈。画面上的空间辽远,沙漠广阔,中心展现着一列在缓缓行进的骆驼商队。诗的思想感情就通过这一骆驼队的行动方向,集中表现出来,从而收到以一当十、以少胜多、寓虚于实的艺术效果。

(何国治)

戴敦邦《王昌龄〈从军行〉诗意图》

戴敦邦《李贺〈雁门太守行〉诗意图》

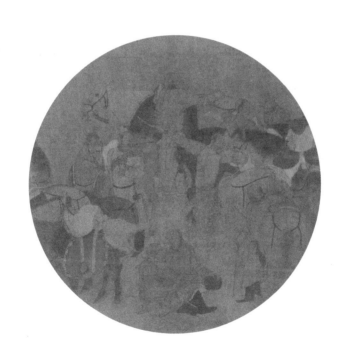

【五代后唐】胡瓌（传）《卓歇图》（局部）

【宋】佚名《射骑图》

子儀誠喻蜀
羅欽服脅於
掘手中形之
公麟妙蹟所

【宋】李公麟《免胄图》（局部）

敦煌壁画《张议潮统军出行图》（局部）

敦煌壁画《张议潮统军出行图》（局部）

光緒癸未八月下浣山陰倕伯年
甫寫於海上□齋

【清】任伯年《苏武牧羊》

诗 / 人 / 小 / 传

➤ **薛涛**(?—832) 女诗人。字洪度,长安(今陕西西安)人。幼时随父入蜀。后为乐妓。能诗,时称女校书。曾居成都浣花溪,创制深红小笺写诗,人称薛涛笺。现存诗以赠人之作较多,情调伤感。原有集,已佚,明人辑有《薛涛诗》,后人又辑存她与李冶的诗,编为《薛涛李冶诗集》二卷。

筹 边 楼

薛 涛

平临云鸟八窗秋,壮压西川四十州^①。

诸将莫贪羌族马,最高层处见边头!

---

① 《新唐书》卷四十二《地理志》六:"剑南道……为府一,都护府一,州三十八,县百八十九。"这里的"四十州",是举其成数言之。

赏析

　　筹边楼在成都西郊,是大和四年(830)李德裕任剑南西川节度使时所建。据《资治通鉴》记载:"德裕至镇,作筹边楼,图蜀地形,南入南诏,西达吐蕃。日召老于军旅、习边事者,虽走卒蛮夷无所间,访以山川、城邑、道路险易,广狭远近。未逾月,皆若身尝涉历。"可见李德裕建这楼,不仅供登览之用,而且与军事有关。在他的任内,收复过被吐蕃占据的维州城,西川地方一直很安定。大和六年十一月,李德裕调任离蜀,此后边疆纠纷又起。诗中的"羌族",就是指吐蕃而言的。这时,薛涛已是七十左右的老人了。她感慨时事,写了这首诗。

诗的开头两句写楼。说"平临云鸟",则楼之崇高可想;说"八窗秋",则天旷气清、四望无际的情景可见。次句"壮压西川四十州",着一"壮"字,点明筹边楼据西川首府形胜之地。两句不但写得气象万千,而且连李德裕当时建楼的用意,诗人百端交集的今昔之感,也都包孕于其中了。后两句寓严正谴责于沉痛慨叹之中,便是从这里生发出来的;意思是说,由于将军们的眼光短浅,贪婪掠夺,召来了与羌族的战争,而他们又没有抗御的能力,以至连这西川的首府成都,都受到战争的威胁。

诗以"最高层处见边头"作结,这"高",这"见",和首句的"平临云鸟"遥相呼应;而"见边头",则和次句的"壮压西川"是个鲜明的对照。意思是这座巍然屹立的高楼,它曾经是全蜀政治军事的心脏,成为西川制高点的象征;而今时移事异,登楼便能看到边地的烽火了。通过这样的对照,西川地区今昔形势的变化,朝廷用人的得失,都从这座具有特定历史意义的建筑物集中地表现了出来;而诗人抚时感事、忧深思远的心情,亦即杜甫所说"西蜀地形天下险,安危还仗出群才"(《诸将》)之意,也就深情若诉了。再从句法上来看,"诸将"句突然一转,和上文似乎脱了节;而末句又一笔兜了回来,仍然归结到筹边楼,说的仍然是登楼眺览,真是硬语盘空,力透纸背!

（马茂元）

诗 / 人 / 小 / 传

▶▶ **姚合**（777—843） 字大凝,陕州硖石(今河南陕县东硖石镇西石门)人。元和进士,授武功主簿。历官金州、杭州刺史及秘书少监。世称姚武功或姚少监,其诗作也称"武功体"。所作诗篇多写个人日常生活和自然景色,喜为五律,刻意求工,颇类贾岛,故"姚贾"并称。其诗为南宋江湖派诗人所师法,赵师秀编选其与贾岛二人诗为《二妙集》。有《姚少监诗集》。又编有《极玄集》。

穷边①词二首(其一)

姚 合

将军作镇古汧州②,水腻山春节气柔。

清夜满城丝管散, 行人不信是边头。

---

① 穷边：极远的边地。
② 汧(qiān)州：即汧县,治今陕西陇县南。

赏析

唐自天宝以后,西北疆土大半陷于吐蕃。汧州离长安并不算远,但在作者眼中却成了"穷边",国力就可想而知了。

诗人着意渲染了春日的山、水、节气和清夜的丝管,使人感到这里不再有边地的荒凉,不再有边地的战火气息,耳濡目染的都是欣欣向荣的太平景象。"水腻山春节气柔","水腻",是说水滑润如油,自是春水的柔美形态,和夏水的汹涌浩荡有别。用"腻"字形容春水,自然也含了诗人的赞美之意。"山春"二字简洁地描绘出群山万壑山花烂漫的无限春色。"节气柔",是说节气柔和,风雨以时。这句的意思是：春光柔媚,山清水秀;而明丽的春光,则正是"节气柔"的结果。这是总写春日白天的边镇风光。入夜以后的边镇,又是一番景象。诗人只用了"满城丝管"四字来描绘它,这是用了夸张的手法。丝管之声不是只从高门大户中传出,而是大街小巷满城荡漾。一个"散"字用得极妙,把万家欢乐,没有边警之扰的景象烘托了出来。丝管之声发自"清夜",又说明边镇在欢乐中清静而有秩序,虽然欢乐,却不扰攘。因此,地虽是"穷边",景却是美景。难怪从内地来的客人看到这种春意盎然、歌舞升平的景象,竟然不相信这是边塞之地。这种太平景象的出现,应该归功于"作镇"的将军。但是诗人却没有对将军致边地于太平之功直接赞美一词,只是把赞美之情暗含于对美景的赞扬之中,用笔显得非常委婉。

结句写行人的感想,仍然避免自己直说誉词。"行人不信",似乎是作为客观现象来写,然而,来来往往的行人不也包括诗人自己吗?那种由衷的赞美之情写得蕴藉有味。

(孙其芳)

诗 / 人 / 小 / 传

▶▶ **李贺**(790—816) 字长吉,福昌(今河南宜阳西)人。唐皇室远支,仕途偃蹇,仅曾官奉礼郎。因避家讳,被迫不得应进士科考试,韩愈曾为之作《讳辩》。和沈亚之友善。其诗长于乐府,多表现政治上不得意的悲愤,对宦官专权、藩镇割据的现实,也有所揭露、讽刺。又因其多病早衰,生活困顿,于世事沧桑、生死荣枯,感触尤多。善于熔铸辞采,驰骋想象,运用神话传说,创造出新奇瑰丽的诗境,在诗史上独树一帜,严羽《沧浪诗话》称为"李长吉体"。但也有刻意雕琢之病。有《昌谷集》。

雁 门 太 守 行

李 贺

黑云压城城欲摧, 甲光向日金鳞开。

角声满天秋色里, 塞上燕脂凝夜紫。

半卷红旗临易水, 霜重鼓寒声不起。

报君黄金台①上意,提携玉龙②为君死。

---

① 黄金台:古台门,又称燕台。故址在今河北易县东南。相传战国燕昭王筑,置千金于台上,延请天下贤士,故名。

② 玉龙:喻宝剑。

赏析

一般说来,写悲壮惨烈的战斗场面不宜使用表现秾艳色彩的词语,而李贺这首诗几乎句句都有鲜明的色彩。其中如金色、胭脂色和紫红色,非但鲜明,而且秾艳,它们和黑色、秋色、玉白色等等交织在一起,构成色彩斑斓的画面。诗人就像一个高明的画家,特别善于着色,以色示物,以色感人,不只勾勒轮廓而已。他写诗,绝少运用白描手法,总是借助想象给事物涂上各种各样新奇浓重的色彩,有效地显示了它们的多层次性。有时为了使画面变得更加鲜明,他还把一些性质不同甚至互相矛盾的事物糅合在一起,让它们并行错出,形成强烈的对比。例如用压城的黑云暗喻敌军气焰嚣张,借向日之甲光显示守城将士雄姿英发,两相比照,色彩鲜明,爱憎分明。李贺的诗篇不只奇诡,亦且妥帖。奇诡而又妥帖,是他诗歌创作的基本特色。这首诗,用秾艳斑驳的色彩描绘悲壮惨烈的战斗场面,可算是奇诡的了;而这种色彩斑斓的奇异画面却准确地表现了特定时间、特定地点的边塞风光和瞬息变幻的战争风云,又显得很妥帖。唯其奇诡,愈觉新颖;唯其妥帖,则倍感真切;奇诡而又妥帖,从而构成浑融蕴藉、富有情思的意境。

(朱世英)

马诗二十三首(其五)

李 贺

大漠沙如雪, 燕山月似钩。

何当金络脑①,快走踏清秋。

---

① 金络脑:金子做的马络头。

　　《马诗》是通过咏马、赞马或慨叹马的命运，来表现志士的奇才异质、远大抱负及不遇于时的感慨与愤懑，其表现方法属比体。而此诗在比兴手法运用上却特有意味。

　　一、二句展现出一片富于特色的边疆战场景色：连绵的燕山山岭上，一弯明月当空；平沙万里，在月光下像铺上一层白皑皑的霜雪。这幅战场景色，一般人也许只觉悲凉肃杀，但对于志在报国之士却有异乎寻常的吸引力。"燕山月似钩"与"晓月当帘挂玉弓"（《南园》其六）匠心正同。"钩"是一种弯刀，与"玉弓"均属武器，从明晃晃的月牙联想到武器的形象，也就含有思战斗之意。作者所处的贞元、元和之际，正是藩镇极为跋扈的时代，而"燕山"暗示的幽州蓟门一带又是藩镇肆虐为时最久、为祸最烈的地带，所以诗意是颇有现实感慨的。思战之意也有针对性。平沙如雪的疆场寒气凛凛，但它是英雄用武之地。所以这两句写景乍看是运用赋法，实启后两句的抒情，又具兴义。

　　三、四句借马以抒情：什么时候才能披上威武的鞍具，在秋高气爽的疆场上驰骋，建树功勋呢？《马诗》其一云："龙背铁连钱，银蹄白踏烟。无人织锦襜，谁为铸金鞭？""无人织锦襜"二句的慨叹与"何当金络脑"表达的是同一个意思，就是企盼把良马当作良马对待，以效大用。"金络脑""锦襜""金鞭"统属贵重鞍具，都是象征马受重用。显然，这是作者热望建功立业而又不被赏识所发出的嘶鸣。

（周啸天）

▶▶ **许浑** 字用晦,一作仲晦,润州丹阳(今属江苏)人。大和进士,官虞部员外郎,睦、郢二州刺史。自少苦学多病,喜爱林泉。其诗长于律体,多登高怀古之作。有《丁卯集》。

走进唐诗 边塞

塞 下 曲

许 浑

夜战桑干北,秦兵半不归。

朝来有乡信,犹自寄寒衣。

《塞下曲》是以边塞风光和边塞战争为题材的新乐府辞。许浑的《塞下曲》是同题诗中最短小的一首。前两句仅用十个字描写了发生在桑干河北的夜战。这次夜战的结果,使得半数左右的战士再没有回来。在成千上万的牺牲者中,有一位战士,在他牺牲的次日早晨还有家信寄来,信中告诉他御寒的衣服已经寄出。这是一个在战争年代很普通、也很真实的悲剧。

诗用纯客观的叙事,真实地反映现实。表面看来,作者对诗中的边塞战争既不歌颂,也未诅咒;但从他描写战争造成的惨重伤亡看,他是十分同情在战争中牺牲的战士,是不赞成这场战争的。由于许浑生活在中唐时代,唐帝国已日益走下坡路,边塞诗多染上了时代的感伤情绪。此诗基调是凄婉、哀伤的。

这首诗,在艺术表现上一个显著的特点是运用"以少总多"的手法来反映现实。诗人在成千上万的牺牲战士中,选择了一个战士的典型性的情节,即"朝来有乡信,犹自寄寒衣"来突出牺牲战士的悲剧,使人对牺牲者和家属寄予深刻的同情,这实际上是对制造这场战争的统治者的无声谴责。

（刘文忠）

▶▶ **陈陶**　字嵩伯,自称三教布衣,长江以北人。大中初南游,足迹遍于江南、岭南等地。后隐居南昌西山。有《陈嵩伯诗集》。

陇　西　行

陈　陶

誓扫匈奴不顾身，　五千貂锦丧胡尘。

可怜无定河①边骨，犹是春闺梦里人。

---

① 无定河：黄河中游支流,在今陕西北部。

赏析

　　《陇西行》是乐府《相和歌·瑟调曲》旧题,内容写边塞战争。陇西,即今甘肃宁夏陇山以西的地方。陈陶的《陇西行》共四首,此其二。诗反映了唐代长期的边塞战争给人民带来的痛苦和灾难。

　　首二句以精练概括的语言,叙述了一个慷慨悲壮的激战场面。唐军誓死杀敌,奋不顾身,但结果五千将士全部丧身"胡尘"。"誓扫""不顾",表现了唐军将士忠勇敢战的气概和献身精神。汉代羽林军穿"貂锦"(锦衣貂裘),这里借"貂锦"指精锐部队。部队如此精良,战死者达五千之众,足见战斗之激烈和伤亡之惨重。

　　接着,笔锋一转,逼出正意:"可怜无定河边骨,犹是春闺梦里人。"这里没有直写战争带来的悲惨景象,也没有渲染家人的悲伤情绪,而是匠心独运,把"河边骨"和"春闺梦"联系起来,写闺中妻子不知征人战死,仍然在梦中想见已成白骨的丈夫,使全诗产生震撼心灵的悲剧力量。知道亲人死去,固然会引起悲伤,但确知亲人的下落,毕竟是一种告慰。而这里,长年音讯杳然,人早已变成无定河边的枯骨,妻子却还在梦境之中盼他早日归来团聚。灾难和不幸降临到身上,不但毫不觉察,反而满怀着热切美好的希望,这才是真正的悲剧。

(阎昭典)

字虞臣。曲阳（今江苏东海）人。会昌进士。大中中，佐太原军幕，以正言被斥，贬朗州龙阳尉。后官至太学博士。与姚合、贾岛、无可为诗友，酬唱甚密。为晚唐五律名家。著有《马戴诗》。今有《会昌进士诗集》行世。

走进唐诗 边塞

出　塞

马　戴

金带连环束战袍，马头冲雪过临洮①。
卷旗夜劫单于帐，乱斫胡兵缺宝刀。

① 临洮（táo）：古县名。秦置，治今甘肃岷县，以临洮水得名。秦筑长城西起于此。

赏析

　　这首《出塞》，除具有一般边塞诗那种激越的诗情和那种奔腾的气势外，还很注意语言的精美，并善于在雄壮的场面中插入细节的描写，酝酿诗情，勾勒形象，因而能够神完气足，含蓄不尽，形成独特的艺术风格。

　　"金带连环束战袍，马头冲雪过临洮。""金带连环"四字，极精美。"金"字虽是"带"字的装饰词，但又不仅限于装饰"带"字。看似写战袍，目的却在传达将士的那种风神俊逸的丰姿。"马头冲雪"的"冲"字，也不只是一个单纯的动词。作者不用"带雪""披雪"，而用"冲雪"，是要用这个动词传出人物一往无前的气概和内心的壮烈感情。"金"字和"冲"字，都极简练而又很含蓄，都为激扬的诗情涂上了一层庄严壮丽的色彩。在着重外形描写时用一两字透露人物内心的美,使人读后感到诗情既激扬又精致,没有那种简单粗犷,一览无余的缺点。

"卷旗夜劫单于帐,乱斫胡兵缺宝刀。""卷旗",避免惊动敌人,的是夜间劫营景象。因风疾所以卷旗,一以见战事之紧急,再以见边塞战场之滚滚风尘。这岂止为景物描写,作者正以战旗之卷,写出勇士夜赴战场的决心与行动。

卷旗夜战,正是短兵相接了,但实际上只是雷声前的闪电,为下句作铺垫。"乱斫胡兵缺宝刀",才是全诗中最壮烈最动人的一幕。这场"乱斫胡兵"的血战,场面是很激烈的。"缺宝刀"的"缺"用得好:言宝刀砍到缺了刃口,其肉搏拼杀之烈,战斗时间之长,最后胜利之夺得,都在此一字中传出。作者在全诗二十八字中,极为精彩地处理了选材、顺序与如何运用并积聚力量等重要问题。前三句,只是引臂抡锤,到第二十六字"缺"时,奋力一击,流火纷飞。

全诗结构紧密,首句以英俊传人物风姿,次句以艰难传人物苦心,第三句以惊险见人物之威烈,结句最有力,以壮举传神。至此,人物之丰神壮烈,诗情之飞越激扬均无以复加了。总之,此诗在艺术上处处见匠心,在古代战歌中,不失为内容和形式完美结合的上乘之作。

(孙艺秋)

▶▶ **张乔** 字伯迁,一作松年,池州青阳(今属安徽)人。咸通进士。后隐九华山。《全唐诗》存其诗二卷。

书 边 事

张 乔

调角断清秋,征人倚戍楼。

春风对青冢,白日落梁州①。

大漠无兵阻,穷边有客游。

蕃情似此水,长愿向南流。

---

① 梁州:当为"凉州"。

唐朝自肃宗以后,河西、陇右一带长期被吐蕃所占。宣宗大中五年(851)沙州民众起义首领张议潮,在出兵收取瓜、伊、西、甘、肃、兰、鄯、河、岷、廓十州后,派遣其兄张议潭奉沙、瓜等十一州地图入朝,宣宗因以张议潮为归义军节度使;大中十一年,吐蕃将尚延心以河湟降唐,其地又全归唐朝所有。自此,唐代西部边塞地区才又出现了一度和平安定的局面。本诗的写作背景大约是在上述情况之后。

诗篇一展开,呈现在读者面前的就是一幅边塞军旅生活的安宁图景。首句"调角断清秋","调角"即吹角,角是古代军中乐器,相当于军号;"断"是尽或占尽的意思。这一句极写在清秋季节,万里长空,角声回荡,悦耳动听。而一个"断"字,则将角声音韵之美和音域之广传神地表现出来;"调角"与"清秋",其韵味和色调恰到好处地融而为一,构成一个声色并茂的清幽意境。这一句似先从高阔的空间落笔,勾勒出一个深广的背景,渲染出一种宜人的气氛。次句展现"征人"与"戍楼"所组成的画面。你看那征人倚楼的安闲姿态,多像是在倾听那悦耳的角声和欣赏那迷人的秋色呵!不用"守"字,而用"倚"字,微妙地传达出边关安宁、征人无事的神旨。

颔联"春风对青冢,白日落梁州","春风",并非实指,而是虚写。"青冢",是汉朝王昭君的坟墓。这使人由王昭君和亲的事迹联想到目下边关的安宁,体会到民族团结正是人们长期的夙愿,而王昭君的形象也会像她墓上的青草在春风中摇荡一样,长青永垂。

颈联"大漠无兵阻,穷边有客游","大漠"和"穷边",极言边塞地区的广漠;而"无兵阻"和"有客游",在"无"和"有"、"兵"和"客"的对比中,写明边关地区,因无蕃兵阻挠,所以才有游客到来。这两句对于前面的景物描写起到了点化作用。

末联两句"蕃情似此水,长愿向南流",运用生动的比喻,十分自然地抒写出了作者的心愿,使诗的意境更深化一步。"此水"不确指,也可能指黄河。诗人望着这滔滔奔流的河水,思绪联翩。他想:蕃情能像这大河一样,长久地向南流入中原该多好啊!这表现出诗人渴望民族团结的愿望。

(陶光友)

河湟旧卒

张 乔

少年随将讨河湟，头白时清返故乡。

十万汉军零落尽，独吹边曲向残阳。

湟水源出青海，东流入甘肃与黄河汇合。湟水流域及与黄河合流的一带地方称"河湟"。诗中"河湟"指吐蕃统治者从唐肃宗以来所进占的河西陇右之地。宣宗大中三年（849），吐蕃以秦、原、安乐三州及石门等七关归唐；五年，张义潮略定瓜、伊等十州，遣使入献图籍，于是河湟之地尽复。近百年间的战争给人民造成巨大痛苦。此诗所写的"河湟旧卒"，就是当时久戍幸存的一个老兵。诗通过这个人的遭遇，反映出了那个动乱时代的影子。

此诗叙事简淡，笔调亦闲雅平和，意味很不易一时穷尽。首句言"随将讨河湟"似乎还带点豪气；次句说"时清返故乡"似乎颇为庆幸；在三句所谓"十万汉军零落尽"的背景下尤见生还之难能，似乎更可庆幸。末了集中为人物造像：那老兵在黄昏时分吹笛，似乎还很悠闲自得呢。

以上说的都是"似乎"如此，当读者细玩诗意却会发现全不如此。通篇诗字里行间，尤其是"独吹边曲向残阳"的图景中，流露出一种深沉的哀伤。"残阳"二字所暗示的日薄西山的景象，会引起一位"头白"老人什么样的感触？那几乎是气息奄奄、朝不虑夕的一个象征。一个"独"字又交代了这个老人目前处境，暗示出他从军后家园所发生的重大变故，使得他垂老无家。

此人毕竟是生还了，而更多的边兵有着更加悲惨的命运，他们暴骨沙场，是永远回不到家园了。"十万汉军零落尽"，就从侧面落笔，反映了唐代人民为战争付出的惨重代价。这层意思通过幸存者的伤悼来表现，更加耐人玩味。而这伤悼没明说出，是通过"独吹边曲"四字见出的。边庭的乐曲，足以勾起征戍者的别恨、乡思，他多年来该是早已听腻了。既已生还故乡，似不当更吹，然而却偏要吹，可见旧恨未消。这大约是回家后失望无聊情绪的自然流露吧！他西向边庭（"向残阳"）而吹之，又当饱含对于弃骨边地的故人、战友的深切怀念，这又是日暮之新愁了。"十万汉军零落尽"，而幸存者又陷入不幸之境，则"时清"二字也值得玩味了，那是应加上引号的。

（周啸天）

▶▶ **张蠙** 字象文，池州（今属安徽）人。乾宁进士，曾官校书郎、栎阳尉、犀浦令。王建立蜀，任膳部员外郎、金堂令等职。早年曾游塞外，写了不少边塞诗。《全唐诗》存其诗一卷。

登 单 于 台

张 蠙

边兵春尽回，独上单于台①。

白日地中出，黄河天外来。

沙翻痕似浪，风急响疑雷。

欲向阴关度，阴关晓不开。

---

① 单于台：在今内蒙古自治区呼和浩特市西，相传汉武帝曾率兵登临此台。

赏析

　　这首诗描写边塞风光，语句浑朴，境界开阔，虽出于晚唐诗人之手，却很有些"盛唐气象"。

　　首联是全诗总领。"春"字和"独"字，看似出于无心，实则十分着力。春日兵回，边关平静无事，乃有登台览物之逸兴；虽曰春日，下文却了无春色，更显出塞外"无花只有寒"（李白《塞下曲》）的荒凉。独上高台，凝思注目，突出诗人超然独立的形象。

　　"白日地中出，黄河天外来。"一轮白日，跃出平地，写它喷薄而上的动态；千里黄河，天外飞来，写它源远流长的形象；"白日""黄河"对举，又在寥廓苍茫之中给人以壮丽多彩的感觉。白日出于地中而非山顶，黄河来自天外而非天上，一切都落在视平线下，皆因身在高台之上的缘故。

颈联继续写景。两句比喻，牢牢把握住居高临下的特点：居高，所以风急，所以风如雷响，惊心动魄；临下，才见沙痕，才见沙似浪翻，历历在目。不说"如雷"而说"疑雷"，传神地写出诗人细辨风声的惊喜情态。而白日、黄河、沙浪、风声，从远到近，自下而上，构成一幅有色彩、有动态、有音响的立体图画，把边塞风光，写得势阔声宏，莽莽苍苍之至。尤其是"白日地中出，黄河天外来"一联，语句浑朴，境界辽阔，学盛唐而能造出新境，很为后人激赏。

尾联写诗人从单于台上向北眺望阴山，那是汉代防御匈奴的天然屏障。诗人很想到阴山那边去看看，但见那起伏连绵的阴山，雄关似铁，虽然天已大亮，门户却紧闭不开，无法通行啊！

诗人分明看到横断前路的不可逾越的阻障，于是，激越慷慨的高吟大唱，一变而为徒唤奈何的颓唐之音。诗到晚唐，纵使歌咏壮阔雄奇的塞外风物，也难得有盛唐时代那蓬蓬勃勃的朝气了。

（赵庆培）

➤ **卢汝弼** 字子谐，范阳（今河北涿州）人，后徙家蒲州（今山西永济）。卢纶曾孙。景福进士。官祠部员外郎、知制诰。后依李克用，曾任节度副使。《全唐诗》存其诗八首。

和李秀才边庭四时怨（其四）

卢汝弼

朔风吹雪透刀瘢，饮马长城窟更寒。

半夜火来知有敌，一时齐保贺兰山①。

---

① 贺兰山：一名阿拉善山，在今宁夏回族自治区与内蒙古自治区交界处。

赏析

这是一首写边庭夜警、卫戍将士奋起守土保国的小诗。描写边塞风光和边地征战生活的作品，在唐诗中是屡见不鲜的。早在盛唐时期，高适、岑参、李颀等人，就以集中地写这一方面的题材而闻名，形成了著名的所谓"边塞诗派"，以后的一些诗人也屡有创作。但这组小诗，却能在写同类生活和主题的作品中，做到"语意新奇，韵格超绝"（明胡应麟《诗薮·内编》卷六），不落常套，这是值得赞赏的。

"朔风吹雪透刀瘢"，北地严寒，多大风雪，这是许多边塞诗都曾写过的，所谓"九月天山风似刀"（岑参《赵将军歌》），所谓"雨雪纷纷连大漠"（李颀《古意》），再夸张些说"燕山雪花大如席"（李白《北风行》），"随风满地石乱走"（岑参《走马川行奉送封大夫出师西征》），但总还没有风吹飞雪，雪借风势，而至于穿透刀瘢这样的形容使人来得印象深刻。边疆将士身经百战，留下累累瘢痕，如王昌龄所写："不信沙场苦，君看刀箭瘢。"（《代扶风主人答》）其艰险痛苦情状已可想见。而这首小诗却写负伤过的将士仍在守戍的岗位上继续冲风冒雪，又不是单就风雪本身来描写，而是说从已有的刀瘢处透进去，加倍写出戍边将士的艰苦。次句"饮马长城窟更寒"，是由古乐府"饮马长城窟，水寒伤马骨"（汉末陈琳《饮马长城窟行》）句化来，加一"更"字，以增其"寒"字的分量。这两句对北地的严寒做了极致的形容，为下文蓄势。

"半夜火来知有敌"，是说烽火夜燃，传来敌人夜袭的警报。结句"一时齐保贺兰山"，是这首小诗诗意所在。"一时"，犹言同时，无先后；"齐"，犹言共同，无例外。这一句极力形容闻警后将士们在极困难的自然条件下，团结一致、共同奋起对敌的英雄气概。全诗格调急促高亢，写艰苦，是为了表现将士们的不畏艰苦；题名为"怨"，而毫无边怨哀叹之情，正是一首歌唱英雄主义，充满积极乐观精神的小诗。

（褚斌杰）

111

水 调 歌^①

无名氏

平沙落日大荒西，陇上明星高复低。

孤山几处看烽火，壮士连营候鼓鼙。

---

① 水调歌：古代乐曲名。《全唐诗》题下注："水调，商调曲也。唐曲凡十一叠，前五叠为歌，后六叠为入破。"本篇即歌的第一叠。它是按照"水调歌"的曲谱填写的歌词，因此在声韵上不大符合一般七言绝句的平仄格律。

赏析

　　这首诗写的是驻守在西域边境荒野上的连营军士，闻警候令待战的情景。诗的首二句，就黄昏至星夜军营极目所见着笔，起得平缓。"平沙落日大荒西"一句，写出地面的辽阔荒远，描绘出落日在遥远的地平线上缓缓西沉的景象。"陇上明星高复低"一句接写夜景。日落而星出，一切景物都销声匿迹，只见陇山之上明星闪烁，则夜静可知。"高复低"三字，又状出星空夜转的景象，说明时间在缓移，静夜在加深。诗从日落写到星出星移，在时间进程上和诗的结构、语势上，都给人一种悠缓的感觉，并随着时间的推移，引导读者逐步进入诗人在这两句诗里着意表现的静谧境界。

　　第三句陡转，点出军情。古代边防地带，隔一段距离就于高处设一烽火台，贮狼粪于其上，一旦发现敌情，则燃火示警。"孤山几处看烽火"，是说原野上连营驻守的军士，突然看到几处孤山上燃起的报警的烽火。烽火起于幽深的静夜,划破沉寂的夜空,已使人触目而心惊;又曰"孤山几处",则又见警报由远及近向军营飞速递传而来。此句极力写出军情的紧急,一下子扣紧读者的心弦。这一句在结构、语势上,以及它所描述的情事,都恰好与前二句相反,给人以一种突兀、紧迫之感。同时,由于前二句的铺叙及环境气氛的渲染,更易于从悠缓宁静中见突然、危迫与紧张。故前二句乃是欲张先弛,以收取以平显兀、以缓显迫、以静显动的艺术效果,而成为本句的绝好衬垫。

第四句接写敌情传来后军营的反应。安扎在原野上的座座军营,连成一片,故曰"连营",关顾首句"大荒",也点出军势之盛。警报传来,连营军士临危而不乱,一切准备工作都在极短的时间内从容就绪,单等军令下达,鼙鼓擂响,即出战迎敌。"壮士连营候鼓鼙","候"字下得极妙。"候"者,待令以战,动在令先,则连营将士行动之神速、戒备之森严、军容之整肃可见;"听"却不同了,闻令而未动,则行动之迟缓、军容之涣散可知。第三句极写军情的紧急,造成紧张危迫的气氛,又正好是本句所叙写的情事的绝好衬垫,突现出连营将士大敌当前而无所畏惧、从容以待敌的气概和风度。

(张金海)

图书在版编目(CIP)数据

走进唐诗.边塞／上海辞书出版社文学鉴赏辞典编
纂中心编.—上海：上海辞书出版社，2023
　ISBN 978－7－5326－5983－8

　Ⅰ.①走…　Ⅱ.①上…　Ⅲ.①唐诗－诗歌欣赏　Ⅳ.
①I207.227.42

中国版本图书馆 CIP 数据核字(2022)第 195630 号

ZOUJIN　TANGSHI　·　BIANSAI

走进唐诗·边塞

上海辞书出版社文学鉴赏辞典编纂中心　编

责任编辑　吴艳萍
装帧设计　王轶颀
责任印制　楼微雯

出版发行　上海世纪出版集团
　　　　　　　上海辞书出版社(www.cishu.com.cn)
地　　址　上海市闵行区号景路 159 弄 B 座(邮编 201101)
印　　刷　上海盛通时代印刷有限公司
开　　本　890 毫米×1240 毫米　1/32
印　　张　3.75
字　　数　91 000
版　　次　2023 年 1 月第 1 版　2023 年 1 月第 1 次印刷
书　　号　ISBN 978－7－5326－5983－8/I·520
定　　价　38.00 元

本书如有质量问题,请与承印厂联系。电话：021－37910000